ダッシュエックス文庫

浮気は恥だが役に立つ

ハイエルフ嫁の嫉妬は100年単位

早矢塚かつや

プロローグ

「とうとう追い詰めたぞ、叛逆の妖精ヴィース！」

真っ黒な噴煙を吐きだす火口の縁で、俺は正面の男に剣を向けた。

男の名はヴィース……邪竜を操って村々を滅ぼし、妖精郷に伝わる世界樹の杖を奪った、凶悪なハイエルフだ。

その際に、妖精郷の聖域《幻想の森》も焼き払い、今や地上に破滅と混沌をもたらす魔王として恐れられている。

「ライオ＝グラードか……この地でワタシに勝てると思っているのか？」

魔術師のローブを身にまとったヴィースは、黄金の腕輪をはめた右手に世界樹の杖をかまえながら、空いている左手で指を鳴らした。

火口から立ちのぼる噴煙の壁を割って、赤黒い巨影が姿を現す。

空を覆う大きな一対の翼、無数の棘を生やした尾、毒蜘蛛めいた四つの丸い瞳……罪なき人々の命を奪ってきた禍々しき邪竜だ。

邪竜の巨大な翼が巻き起こす風に踏んばって耐えながら、俺は叫んだ。

「勝てるさ！　英雄道大原則ひとぉつっ！　正義は、絶対に敗れはしない！」

「下らぬ妄言だな……仮にそれが真実であるとすれば、正義とは常に勝者が作り上げてきた詭弁にすぎない」

来た、この場面、このシチュエーション！

追い詰めた魔王と英雄の迫真（はくしん）の問答！

ここで俺が華麗に論破（ろんぱ）して、さらにとどめも刺す！

リアーシュにふさわしい英雄譚の主人公になるんだ。

「それは違うぞヴィース！　正義とは、時代によって左右などされない、不変のもの！」

「英雄を夢見る小僧が……ここまでやって来たことは褒めてやるが、それも終わりだ。ワタシに刃向かったことを後悔——ゲフゥぁぁッ！」

突如、横から矢が飛んできて、ヴィースの脇腹を貫く。

ヴィースは、真っ赤な血を吐いて、その場に膝をついた。

「惜しいっ！　脳天を狙ったのに、風のせいで矢が逸（そ）れちゃったわ」

鼓膜を震わせる、甘く華やかな少女の声。

声のした麓側（ふもとがわ）を見下ろすと、岩陰から目も眩（くら）むような美少女が姿を現した。

頭の左右に結わえた艶やかなブロンドの髪と、透きとおる雪白の頬。

薄緑色の瞳は宝石のごとく輝き、力強い意志を湛えているのがはっきりとわかる。

彼女の名はリアーシュ。

妖精王の娘、ハイエルフ・プリンセス、生まれながらにしての圧倒的な強者、遠くない未来にこの大陸全土のヒロインとなるであろう少女――そして、俺の相棒にして片想いの相手。

豊かな張りを持った胸を緑と銀の戦闘装束に押しこみ、手には長大な弓を握りしめ、ミニスカートから伸びるスラリとした二本の足を肩幅に開いて山肌に仁王立ちしている。

傲岸不遜、天衣無縫――自信に満ちあふれた美貌に向けて、さすがに俺は声を張った。

「ちょ――話してる最中に隠れて狙撃って、善玉のやることじゃないだろ！」

「なにヌルいこと言ってるの、勝てばよかろうなのよ！　それに、お姉さまが敵の子分を引きつけてるウチにケリつけなきゃ、笑われちゃうわ」

このナチュラルボーン魔王……！

俺が絶句している隙に、リアーシュが強弓に新たな矢を番えて放つ。

「我が前に立ちふさがる敵を射貫きなさい――スプリッド・レイン」

マズい、あれは森の朝露を桶いっぱいに集めて凝縮した、ハイエルフ謹製の水の矢だ。

水の精霊の加護を施され、風を切って飛ぶ最中に一本が三十本へと分裂して相手を襲う。

弓の名手であるリアーシュは、それをひと息に三本も放つから、合計して九十本の矢が雨のごとく降り注ぐ。

――ギャオオオオオオオオオス！

邪竜が吼えた。

その一撃一撃は、鋼すらも貫く威力を秘めており、竜の鱗もやすやすと貫通する。

翼膜には穴が空き、羽ばたかせた際の風圧で一気に裂けた。

飛行能力を失い空中でバランスを欠いた竜へ、二度目の水の矢の群れが迫る。

とうとう一本の矢が眉間を穿(うが)ち、竜は火口の底へと墜落していった。

「邪竜討ち取ったりぃ、どやぁ！」

リアーシュは高らかに歓声を上げて、腕を突きあげた。

ヤバい、あのハイエルフ強すぎる……このままだと見せ場をすべて持っていかれてしまう。

俺は今日、英雄にならなきゃいけないんだ！

「ヴィース、おまえが奪った世界樹の杖、返してもらうぞ！」

俺は自身の存在感をねじ込むべく、前に出て刃を振るう。

ヴィースは、邪竜の死に気をとられて、避ける気配も見せなかった。

杖を掴んだ右腕が、血をまき散らして宙を舞う。

「ぐぁあああっ……バカな！　ハイエルフとヒト族が、手を組むなど……」

「これが正義の力だ。永遠にも近い時を生きるエルフと、刹那(せつな)を生きるヒト族とを結びつける力……正義が時代の趨勢(すうせい)などに左右されないことの証しだ！」

やった……なんとか上手く格好がついた！

浮かれていると、ヴィースは残っている左手で、こちらの手首を掴んできた。

俺が手にした銀色の刃が引きよせられて、ヴィースの胸を刺し貫く。

「な、なぜ自ら命を絶つようなことを……？」

胸から真っ赤な血を流しながら、ヴィースは不気味に笑った。

「ライオ＝グラード……死ぬのは、貴様のほうだ……！」

「なにっ⁉」

剣がさらに深く刺さるのもかまわず、ヴィースが一歩踏みだす。

その迫力に俺は気圧(けお)され、敵の左手が胸に押しつけられるのを許した。

「ダレガツツイタ……ポコペンポコペン……ダーレガツツイタ……！」

これは魔法の呪文⁉

ヴィースの左手が強烈な輝きを放ち、俺は奇妙な浮遊感を覚える。

俺の身体が俺のものではなくなり、なにかが、入りこんでくるような――。

「ライオッ――ウォーター・アロー！」

遠ざかりかけた俺の意識は、リアーシュの声に繋ぎとめられた。

横合いから飛びこんできた水の矢が、ヴィースのこめかみを貫く。

文句のつけようのない、見事なヘッドショットだった。

「ガッ……」

ヴィースの身体はぐにゃりとくずおれて、赤々と泡だつ溶岩の中へと落ちていく。

火口の縁に立つ俺は、悪しき魔術師の最期を、目に焼きつけた。

「これが、魔王の、死か……」

あまりにもあっけない……いや、というよりは――。

「どやぁ！　今度こそ完璧なヘッドショットだったでしょ！」

魔王討伐の緊張感を一声でゆるませる、あどけないリアーシュの声。

駆けよってきた彼女は、夏の日の太陽にも負けぬ無邪気且つ誇らしげな笑顔で、豊かな胸を張ってみせた。

もはや俺は、苦笑を浮かべるしかない。

「そういえば、あいつ最期に魔法かなんか使ったみたいだったけど、大丈夫？」

完全無欠のドヤ顔から一転して、リアーシュは眉根を寄せて覗きこんでくる。

俺はヴィースの血がべったりとついた胸当てを脱いで、異変がないかを探った。

「大丈夫だ、なんともない……呪文が未完成だったのかもな。リアーシュのおかげだ」

笑いかけると、再びリアーシュは「ふっふーん」と、腰に手を当てて得意になった。

「当然よ！　あたしは老いることも死ぬことも知らない究極の霊長(れいちょう)たるハイエルフのプリンセス、リアーシュさまなんだから！」

コロコロと表情が変わるリアーシュを見ていると俺もすっかり和んでしまって、肩の力が抜けていくのを感じる。

「なにはともあれ、これで全部終わったな」

「ヒト族にしては、ライオも頑張ったじゃない♪」

上機嫌なリアーシュは、若干体当たり気味に俺に寄り添ってくる。

「エルフと人とを結びつける、正義の力……ちょっとクサいけど、かっこよかったわよ」

「リアーシュ……」

雪白の頬を赤らめて、ハイエルフ・プリンセスが、デレた。

潤んだ薄緑色の瞳は、なにかを期待しているように見えて、胸が高鳴る。

もしかして、リアーシュも俺のこと……。

俺が引き寄せられるように顔を近づけると、リアーシュはハッとしてまぶたを閉じ、おそるおそるバラ色の唇をこっちに向けた。

身体を突き抜ける歓喜の雷光——これは同意のサイン。

共に困難を突破した英雄と姫は、種族の垣根もやすやすと乗り越えて結ばれる……親の顔すらも思い出せない俺だが、幼い頃に憧れた英雄譚のエンドマークが目の前にあった。

英雄と姫君は結ばれて、末永く幸せに、めでたしめでたし……。

「待って！」

唇と唇が触れようとした寸前、リアーシュの手の平が俺の胸を押し返した。

「こ、これ……これって今、キスしようとしてるのよね……」

温室育ち、純粋培養のハイエルフ・プリンセスは、性知識に乏しい。

巨大な邪竜をほぼ瞬殺できるだけの戦闘力があったとしても、やはり未知の体験に対しての恐怖心はあるようだ。

瞳をぐるぐるさせて動揺するリアーシュが安心できるよう、俺はできる限り柔らかな笑みを浮かべてうなずいた。

「そ、そう……わかったわ……その、ちゃんと避妊してるから、中に出しても平気よ」

「はい？」

「信じられないなら、確認する……？　お姉さまに昨日、その、全部終わったあと、こういう雰囲気になるかもしれないからって、呪印を描いてもらったの」

リアーシュはエルフらしい緑色のミニスカートをぺろりとめくった。

あらわとなる純白の下着に覆われた股間部。

おへその下に魔術的な文様が描かれているのが確認できる……しかし「なるほど、あれが呪印か」などと、冷静に頭を働かせることはできなかった。

目の前に愛する人のパンツがあるのだ……白いお腹に描きこまれた不可思議な文様は彼女の性的魅力を増幅させるアクセントでしかなく、避妊？　とか言ってたけど、むしろ滾る。

「ちょ、そんなじろじろ見ないでよ……なんか、恥ずかしくなってきちゃったから……」

リアーシュが真っ赤になりながら、もじもじと太ももをこすり合わせた。

あの悪しきハイエルフと邪竜を前に弓をかまえていた時の余裕はドコに吹き飛んでしまったというのか、あどけない声は今にも消え入りそうで、額に汗まで浮かべている。

しかし、このギャップがいい……超強いくせして性的知識は子ども以下……。

俺がリアーシュのパンツを前に固まっていると、麓（ふもと）のほうから新たな緊張感のない声が聞こえてきた。

「おーい、こっちで引きつけてた雑魚連中は全部倒したけど、そっちは終わっ――」

彼女の名はミージュ。露出の多い黒い鎧を装備し、腰に細身の剣を佩（は）いた褐色のハイエルフだ。本来エルフは雪白の美肌を特徴としているが、百年前にエルフの道を外れ、妖精郷を離れて不摂生（ふせっせい）な生活を送ったために日焼けしたのだという。

リアーシュの腹違いの姉でもあり、妹に負けず劣らずのダイナマイトボディである。

俺たちを遠目に認めたミージュは、リアーシュの蛮行を見て、吹きだした。

「ぶはっ！　リアーシュあんた、こんな時にパンツさらしてなにやってんのよ」

「ひゃわぁっ!?」

リアーシュはあわててスカートをもとに戻してしまう。

「なにって、おおお姉さまが言ったんでしょ！　ハイエルフが異種族とキスをしたら《ちゃくしょー率》百パーセントだから、ちゃんと避妊している証明を見せなきゃダメって！　男の人は、子どもできるの面倒くさがるからって！」

「いや、リアーシュが俺の子どもを産んでくれるなら、むしろ大歓迎なんだが」

「えぇっ……⁉」

リアーシュが喜びにうわずった声を発する。

「けど、いくらエルフだからって、キスで子どもはできないんじゃないか？」

「だ、だだだだって……男の人はキスするとドビュッて赤ちゃんの素を出したくなるから、口で受けとめるか、顔で受けとめるかを決めなきゃいけないってお姉さまが——」

「そんなの嘘に決まってるじゃないの！　なに信じてんのよ、プフゥーッ！」

ダークな色合いのハイエルフは妹を指さして、お腹を抱えて笑っていた。

「さすがピュア・アホ・プリンセス！　討伐早々に、やらかしてくれるわぁ！」

「へ？　は？　え……？」

はしゃぐ姉を見て、リアーシュは混乱の極致に達し、どんどん青ざめていく。

一方で俺は、わかりきってはいるが、ミージュにひとつ質問した。

「ちなみに、あのお腹の印には、本当に避妊の効果があるのか？」

「あるわけないでしょ。キスで子どもができると思ってるアホな妹に、古代の魔術文字で『中出し希望』って落書きしただけよ。エロかったでしょ」

「エロさに関してはグッジョブ！」

思わずグッと親指を上げてしまったが、鬼か悪魔の所業（しょぎょう）だよな……。

敵に対して容赦なくヘッドショットを叩きこむ妹にして、この姉あり……。

「でも、よかったじゃない。おかげであんたらが両想いなのわかったでしょ。これでわたしもヤキモキしないですむわぁ」

「なにがじゃああああああああああああああああああっ！」

なだめるようにポンと肩を叩いたミージュに対し、リアーシュがツインテールを逆立ててキレた。

手に握りしめたままでいた弓をかまえ、笑いすぎて目元を拭うミージュに矢が放たれる。一切無駄のない、達人の身に染みついた流麗（りゅうれい）な矢さばきだった。

バシュウウウゥッ――――！

「ハグゥァッ！」

眉間に吸いこまれていくような、完全無欠のヘッドショット。

ミージュは、頭から噴水のごとく鮮血をまき散らして地面に倒れる。

「ハッ！　お姉さまっ！」

リアーシュは我に返り、あわてて姉を抱きあげた。

「リアーシュ……撃ったわね、この姉を……！」

「お姉さま死なないで！　考える前に手が動いちゃったのよ、ごめんなさい！　でも、正直に言わせてもらうと自業自得よ！　ざまあないわ！」

哀しみ、罪悪感、怒りを一本の矢に託して解放した爽快感……リアーシュの顔は百面相のごとく切り替わっていく。

息も絶え絶えなミージュは、最後の力でリアーシュの肩を掴んだ。

「覚えてなさい……わたしはきっと、戻ってくる、から…………ガクッ！」

「ちょ、お姉さま、冗談でしょ？　お姉さま、お姉さまぁぁっ！」

火山に反響するリアーシュの慟哭。

肩を掴んだ手がずるりと滑り落ち、カッと目を見開いたまま、ミージュはもう動かない……なんだこの大惨事。

「どうしよ、ライオ……やり過ぎちゃった！」

「やり過ぎちゃったなぁ……」

ヘッドショット決めてやり過ぎちゃったもないと思うが。

「でもほら、戻ってくるとか言ってたし……大丈夫なんじゃないか？」

「それはそれで怖いわ……あのお姉さまよ、戻ってきたらなにをされるか……！」

邪竜をも瞬殺してみせたあのリアーシュが、身体を縮こまらせて怯えていた。

たしかに俺の知る限りでも、ミージュはリアーシュに比肩する力を持っている。

「だ、大丈夫だよ……えっと……ちゃんと墓を作って、弔ってやれば」

「墓穴はうんと深く掘りましょうね。絶対に出てこられないように！」

ヴィースを討伐する際は終ぞ見ることのなかった、強ばった真剣な表情だった。

それから、俺たちは大きな穴を掘って、ミージュの死体を埋めた。

おっかしいな……なんでこんなことになったんだ……？

「墓石はどうする？」

「うーん、世界樹の杖は妖精郷に持って帰んないといけないから、このヴィースの右手を置いときましょ。生意気にもなんか豪華な腕輪をしてるし」

リアーシュの言うとおり、俺が切り飛ばしたヴィースの右手首には黄金の腕輪がはめられていた。それなりの値打ちものに見えるし、いっか。

「……いやぁ、ヴィースは強敵だったな」

「ええ、そうね……お姉さまが命がけでヴィースの右手を切り飛ばしてくれなかったら、あたしたちは助からなかったわ」

「たったひとつの勝利のために、俺たちはかけがえのない犠牲を払っちまったな……」

暗黙のうちにできあがっていたストーリーを共有し、叛逆の妖精ヴィースを討伐した俺とリアーシュは妖精郷に帰還した。

第一話　妖精郷への帰還、婚約の宴、新たなる旅立ち

シーン1　謁見、妖精王

多大な犠牲を払って火山でヴィースを討った日から、七昼夜。

俺とリアーシュはヴィースによって奪われた世界樹の杖を返還すべく、妖精郷の中心、妖精王シューランの城にやってきていた。

本来ヒト族はシューランの城はもちろん、妖精郷にすら入ることを許されない。

しかし、ヴィースを倒した俺は英雄として、入城を許されたのである。

光虫を閉じこめた角灯が幻想的に照らす長い廊下を、リアーシュの案内で進んでいく。

「妖精王の城ってのは、やっぱりすごいな……」

「ちょっと、これからお父さまとお母さまに会うっていうのに、そんなキョロキョロしないの。田舎者じゃあるまいし、こっちが恥ずかしいわ」

落ち着かない俺を、プリンセスらしく背筋を伸ばしたリアーシュがたしなめる。

「そうは言っても、この先にあるのが妖精王シューランの謁見の間……いよいよ、リアーシュのお父さんとお母さんに会うってことだろ……」

「そ、それがどうしたっていうのよ。べつに緊張することじゃないでしょ」

俺の言葉にリアーシュは頬を桜色に染めて、唇をとがらせた。

「きょ、今日はヴィースのことを報告するだけで、そういう話じゃないんだから……」

今日は、ということは、近いうちにそういう挨拶をする気もあるということで、俺は内心で喜びの喝采（かっさい）を上げた。

いろいろな過（あやま）ちで流れてしまったが、リアーシュは避妊を考えるまでしてくれていたのだ。

その事実が、ヴィースを倒してから今日までの七日間、俺を妙に浮き足立たせている。

謁見の間に到着した。

「ねぇライオ、あたし、変じゃない？　胸当てずり下がって、みっともない胸の駄肉がはみ出したりしてないわよね？」

いつもは居丈高（いたけだか）なリアーシュが、突然、心細そうな声で訊いてくる。

妖精王シューランに蝶よ花よと育てられたリアーシュは根っからの箱入り娘であると同時に、密かに極度の人見知りでもあった。

加えて、どういうわけか自分の巨乳にもコンプレックスを抱いており、見知らぬ相手や不特定多数の人前に出る時は決まって胸当ての位置を気にする。

あの胸当て、ぶっちゃけリアーシュの胸が大きすぎて、あまり意味をなしているようには見えないんだけど、歴代のハイエルフ・プリンセスが使ってきた由緒正しき品であるために、おいそれと作り直せないらしい。

「大丈夫だよ。てか駄肉なんて、リアーシュの胸は十分に魅力的だって」

「バカ、ハイエルフの胸はね、つつましやかに手のひらで覆い隠せるくらいが理想的なのよ！　弓を引く時も邪魔だし……はぁ、なんでこんなに大きくなっちゃったんだろ……」

ハイエルフ・プリンセスは肩を落として、小さな唇からため息をこぼす。

「躊躇(ちゅうちょ)なくパンツを見せてくれたのに、胸が恥ずかしいの基準がよくわからない」

「あ、あんなことするのはライオにだけよ！　あの時はあの時なりに覚悟をきめて――てか、もう忘れて！　記憶から抹消するのよ！」

リアーシュは顔を真っ赤にしてデレ告白をしながら詰めよってくる。

俺は内心で「あのフリルのついた純白のパンツとエロい呪印を忘れるのは無理だなぁ」と確信するも、恥辱耐性の低いリアーシュにそんなことを言えば、ミージュと同じ末路を辿りかねないので黙っておく。

「お姉さまはヴィースとの戦いで死んだの、いいね？」

「アッハイ」

俺としてもミージュの死を父親である妖精王に伝えるのは怖い。

が、リアーシュ曰く、その点に関しては心配ないという。

なんでも妖精王シューランは、百年前にヒト族の恋人を作って妖精郷を捨て、道を外したミージュを蛇蝎の如く嫌っているらしい。

「この先にいるのは平民エルフよ……ロイヤルなあたしは見下してオッケーな存在……！」

目をぐるぐるにしながら、リアーシュは自身に言い聞かせている。

幼い頃に叩きこまれたハイエルフ特有の優勢思想と、プリンセスとして仕込まれた王族の振る舞いが、人見知りな彼女の不器用さに拍車をかけたようだった。

「恥をかいたら、水の精霊の力を使って洪水を起こし、妖精郷をまるごと呑みこめばいいんだわ……よぉし、行くわよライオぉッ！」

「妖精郷を流す前に、恥を水に流せるようにならんもんかなぁ……」

（故郷を水に沈める）覚悟を決めたリアーシュとともに、謁見の間に入った。

扉のむこう側は広大な縦長の空間で、部屋の最奥に衛兵たちに守られた玉座が二つ並んでいる。そこにすわる二人の人物に、俺は息を呑んだ。

片方は老木を思わせる厳かな雰囲気を携えた初老の男、もう一方はまだ二十代も半ばほどにしか見えない女性である。

「あれが、リアーシュのお父さんとお母さんか……」

初老の男性が妖精王シューラン、若い女性が妖精妃サールだ。

リアーシュも百年以上生きているというし、あの二人も見た目どおりの年齢ではないだろう。

妖精王シューランは、自らの威厳を示すためにあえて年老いた姿をしているという噂を耳にしたこともあった。

　尻込みする俺に、リアーシュが耳打ちする。

「お父様とのやりとりは全部任せて。ライオはあたしに合わせるだけでいいわ」

「わかった」

　俺たちは部屋の奥へと進み、玉座の前で跪く。

「ただいま戻りました」

　凜としたリアーシュの声が、謁見の間に反響する。

　俺はわずかに顔を上げて、妖精王シューランを盗み見た。

　王は満足げに大きくうなずいて、立ちあがる。

「面を上げよ。リアーシュ、我が愛しき娘よ。遣いガラスより報告はすでに受けている。無事にかの不埒者を打ち倒したそうだな」

「はい。奪還した世界樹の杖はこちらに」

　リアーシュが捧げ持った世界樹の杖は、目に見えぬ力に引かれて妖精王の手に収まった。

「これぞまさしく、妖精郷を拓き世界樹と同化した始祖ドヤァの杖……なくなれば森は怒り、この国は土から腐りて誰も住むことのできない地となっていたであろう……大義である。父としても鼻が高い」

　リアーシュがたまに口にしている「どやぁ！」って、妖精郷を開いた始祖の名前だったのか……いやそれよりも、リアーシュのお父さんは、意外と話が通じそうだな。

妖精王に気後(きおく)れしていた俺は、好々爺然(こうこうやぜん)とした笑みを見て、ほっと胸をなでおろした。

「時にミージュはどうした？　ともに戦っていたと遣いガラスの知らせにあったが」

「ギクッ！」

「ギク？」

「や、その、お姉さま、は……」

リアーシュが跪いた姿勢のまま、滝のような汗をかいている……！

全部任せろとは言われたが、ここはパートナーとして、フォローすべきだろう。

「申し訳ありません妖精王！　この俺に力が足りないばかりに、ミージュを――」

「囀(さえず)るな小童(こわっぱ)がッ！」

妖精王シューランは、俺の言葉をさえぎって大音声を響かせた。

「低俗なるヒト族の男よ。ここは神聖なる妖精王の居城であるぞ。一体誰が、貴様に口を開くことを許可したのだ？」

俺は口を開いたまま、全身をこわばらせる。

怒気を孕(はら)んだ妖精王の声は、文言どおり、ヒト族への侮蔑に満ちていた。

「お父さま、ライオは……！」

「郷の一部の者が英雄だなんだと囃(はや)したてたそうだがワシは認めん！　リアーシュよ、おまえもヒト族の男などと付き合っていたら、ミージュのようなアバズレの褐色エルフになってしまうぞ！」

「今のお姉さまは不摂生で体内の精霊バランスが崩れて日焼けしただけでしょ！　あたしも一年間ライオと一緒に旅をしてきたけど、養生してるから肌は色白のままよ」

リアーシュは袖をめくって、きめ細かな雪白の肌を示す。

「おまえはまだ知らぬであろうが、女子は男と乳繰り合っていれば、いろいろ黒くなってしまうものなのだ。リアーシュまでミージュのように黒ずんでしまったらと思うとワンは怖ろしくて──おんぎゃぁあぅんっ！」

頭を抱えて玉座に腰を下ろそうとした妖精王が、座りそこなった。

見事な尻餅をついて、赤ん坊のごとき悲鳴を上げる。

そのみっともない姿に、俺やリアーシュはおろか、脇に控える衛兵たちも吹きだした。

「だ、誰だ……！　誰がワシの玉座を後ろに下げた!?」

シューランさんは玉座の後ろを覗きこむが、犯人は見つけられない。

尻餅をついた時に強かに打ったのか、絶妙なへっぴり腰がさらなる笑いを誘った。

「笑うなっ！」

妖精王の怒声が再び謁見の間に響きわたり、しんと静まりかえる。

「一番に笑ったものは誰だ……前に出てこいっ」

顔に刻みこまれた皺の数を倍にしながら命じるが、当然出てくる気配はない。

するると、衛兵の一人が俺のほうを指さした。

「あのヒト族の男だったように思います！」

「はぁ⁉」

「そうか。貴様か……」

シューランさんの瞳が獰猛な光を宿した。

「このワシを愚弄し、あまつさえそれを扇動しようとは、度しがたい所業……」

「いやいやいや！　愚弄も扇動もしてないって！　ただ妖精王がずっこけただけだろ⁉」

「口を慎め、ヒト風情が！」

無実を主張すると、突然、脇に控えていた一人の衛兵が斬りかかってきた。

俺は後ろに跳んでかわす。

「ええい、避けるな！　栄えある妖精王を侮辱した罪、万死に値する！　このムゥラの刀の錆にしてやるから、そこに直れ！」

「ちょっと、王の御前よ！」

「姫には黙っていてもらおう！」

ムゥラと名乗った男は、再び斬りかかってきた。

にじみ出る本物の殺気に、俺の身体は自然と動く。

腰に佩いた剣に手をかけ、相手の一刀が振り下ろされると同時に鞘を払った。

かん高い刃鳴りが謁見の間に反響し、ムゥラの剣がその手を離れ、天井に突き刺さる。

「なっ……！」

「おまえ、本当に俺を殺そうとしたな？」

たじろぐムゥラに剣先を向けると、周囲の衛兵たちが一斉に剣や槍、弓矢をかまえた。

「ヒト族が、妖精王の謁見の間で剣を抜くなど、許されん！」

「スプリッド・レイン！」

騒然とした衛兵たちを一喝するがごとく、リアーシュは天井めがけて水の矢を放つ！

謁見の間に降り注ぐ矢の雨は、衛兵たちがかまえた武器をあやまたず射貫き、大理石の床に、いくつもの鋼が叩きつけられる轟音が鳴りわたった。

ハイエルフ・プリンセスの神業を前にして、謁見の間は今一度、静寂に包まれる。

リアーシュは眉をつり上げて、玉座にすわりなおしたシューランさんをにらんだ。

「お父さま、いくらなんでもやり過ぎよ！　世界樹の杖の奪還に尽力してくれたライオにこんな仕打ちをするなんて、一族の名を穢しているわ！」

「しかしリアーシュよ、そいつはワシのことを……」

「あんな見事な転びっぷり、隣のお母さまだっておなかを抱えて笑ってたわよ！」

「笑ってたのか！」

「ええ、笑ってたわ。あなたってば、お茶目さん♪」

それまでずっと黙っていた妖精妃サールが、シューランさんのほっぺたをつついた。

「リアーシュの言うとおり、ライオさんに対して、ちょっと意地悪が過ぎるわ。すべての男が、あなたみたいにいじめられて喜ぶわけではないのよ」

「お父さま？　いじめられて喜ぶってどういう――」

「――むぉっふぉん！」

追及しようとしたリアーシュを、シューランさんは咳払いでごまかした。

まぁ、趣味趣向は人それぞれだしな……。

張り詰めていた謁見の間の空気は弛緩して、俺は剣を鞘に戻した。

敵意をむき出しにしていたエルフたちも武器を収める。

「ライオ＝グラード、といったか……ひとまず、我が娘と妻の顔を立てて礼を言ってやるとしよう。世界樹の杖をよくぞ持ち帰った。しかし勘違いするなよ。おまえなどいなくても世界樹の杖を取り返すことなぞ容易だったのだ。調子に乗ったら許さぬからな」

面倒くさいな……こういうところは少しリアーシュに似ている。

「たった今俺は、あなたの臣下に本気で命を狙われたのですが、そのことについて一言いただいてよろしいでしょうか？」

「べろべろばー」

このクソジジイ……！

「一言ほしいというから、言ってやったまでだ」

「お父さま、大人げないわ」

「ふん……ちゃんと褒美は与えてやるさ、どこまでも厚かましい人間め」

厚かましいのはどっちだ……。

リアーシュの父親だから最低限の敬意は払おうという思いも、雲散霧消する。

「望みのものを言え。精霊の加護を宿せし魔石か、ミスリル鋼の剣か、十代にわたって遊んで暮らせる富か……我が蔵を開放し、なんでもひとつ好きなものを持っていくことを許そう」

またエルフたちがどよめいた。

先に俺に負けたムゥラも「低俗なるヒト族になんと寛大なご処置……」とおののいている。

「なんでもひとつ好きなもの……！」

俺は天啓を得る。

ミージュのこともあるので、この場は大人しくしようと思っていたが、シューランさんの態度を見て自粛する気も失せた。むしろ勝負をするならば、今をおいて他にない。

英雄道大原則ひとつ、思い立ったら即行動！

「財産も力も、いらない……俺が欲しいものは、リアーシュだ！」

前に進みでてリアーシュの隣に立ち、彼女の肩を抱きよせる。

謁見の間を支配する時間が止まった。

妖精王シューラン、妖精妃サール、周囲のエルフたち、肩を抱かれたリアーシュと、この場にいる俺をのぞいたすべての者が、目をまん丸にする。

静寂を破ったのは、赤面し口をパクパクさせていたリアーシュだった。

「あ、あああ、あんた……ちょっ、なに言ってるのよ……」

「言葉どおりの意味だ。俺は出会った時から、リアーシュのことを愛している。ヴィースの件がすんだら、このことを打ち明けようと、ずっと思っていた」

俺はリアーシュの手を握り締め、その瞳を真っ正面から見つめて、告白する。

「リアーシュ、好きだ！　愛してる！　結婚してくれ！　家は庭付き一戸建て、子どもは三人で男女男、ペットには気性の優しさに定評のある白い幼竜を飼いたい！」

「ば、バカッ！　こんな状況で……時と場所を、わきまえなさいよ！」

「時と場所で俺の想いが変わることはない！　けど覚悟を示す意味はある！」

俺はリアーシュの手を握りながら、玉座のほうへと言い放つ。

「リアーシュのお義父さん、お義母さん！　娘さんをこの俺に、くださいっっ！」

「誰がお義父さんだ！！」

わなわなと震えながらシューランさんが怒鳴った。

「茶番はそこまでだ！　ヒト族の小僧め、すぐさまその汚い手をどけろ！　貴様が娘に触れることを、ワシは許していない！」

「お義父さん、許すかどうか、決めるのはリアーシュです！　……というわけでリアーシュ、今ここで返事をくれ！　おまえに愛してもらえない俺なら、生きる価値などない！」

「な……あ、あたしは……」

ハイエルフ・プリンセスは唇を震わせた。

つり気味の瞳を伏せると、長い睫毛にたまっていた涙が大きな雫となって頬を伝う。

「あたしは、高貴なハイエルフよ。低俗なヒト族の男となんて、付き合えないわ……」

「ふはっ！　フハハハハハァッ！」

リアーシュのしぼりだすような言葉に、シューランさんが満面の笑みを浮かべる。

「よくぞ言ったリアーシュよ！　やーい、ばーかばーか！　優男！　ふられてやんのー！」

「でも、ライオのことが好き……大好き！　生きる価値がないなんて言っちゃイヤよ！　ライオとの赤ちゃんだって見たいし、三人とはいわず十人だって産んであげたい！　ペットの白幼竜の名前はあたしとライオの名前をとってリァーオがいい！」

シューランさんの勝ち関をかき消す声で言い放つと、リアーシュは抱きついてくる。

俺は二本の腕で、しっかりと彼女を抱きとめた。

「リァーオ、いい名前だ！　ラーシュもいいかなって思ってたけど！」

「どっちも最高じゃないのバカッ！　いじわる！　みんなが見てる前で、あたしにこんなこと言わせて！　恥かかせて！　絶対責任とってもらうんだからね！」

「もちろんだ！　責任とる！　俺が責任をとるぅっ！」

「途方もないバカッ！　最低！　もぅ……大好きぃっ！」

「俺もだ、リアーシュぅッッ！」

お互いの気持ちを確かめあい、喜びが胸を満たす。

この瞬間、世界は完全無欠で永遠なものとなる。

ラブ&ピース、ラブ&ピース、ＹＥＡＨ！

「うぎゃああああああああああああああああああああっっ！」

一方シューランさんは、この世の終わりを見たかのごとく、その場にくずおれた。

皺が増え、美しいブロンドの髪がごっそりと抜け落ち、まるで三十歳も一気に年老いたように見える（ヒト族換算）。

「り、りりりりりりリアーシュ……そんな馬鹿な……夢だ……嘘だと言っておくれ……」

リアーシュは俺の胸に埋めていた顔を上げて、あのあどけなき声を凛然と響かせた。

「いいえ、嘘じゃないわ。あたしは本気よ。短い間だけどライオと一緒にいて、わかったの……この人こそ、あたしが生涯をかけて愛する人だわ！」

「いいいいいいいいぃぃぃいやあああああああああああああああああっっ！」

シューランさんの悲鳴が轟く。

あの哀れな老人がリアーシュの大切な父親だと理解してはいるが、良心の呵責はなかった。

するると、衛兵の一人が、ぽつりと呟く。

「生涯をかけて愛せる人か……けど、ハイエルフとヒト族じゃ、寿命が違いすぎるだろ」

その一言は、俺たちの高揚感に水を差すに足りた。

リアーシュの薄緑色の瞳が、将来に待ち受ける哀しみを想像して曇る。

長命なエルフの一族の中でも上古の聖性を帯びたハイエルフは、もはや不老不死に近い生命体なのだ。

「ふふふ、ふはははははははははは」

シューランさんが怪しく笑いながら、立ち上がる。

「そうだ……寿命の問題はどうする？　ヒト族が生きていられるのはせいぜい百年かそこら。おまえと結ばれれば、リアーシュは残りの生涯を一人で暮らすことになるのだぞ」

「うぐ……！」

痛いところを突かれ、俺は歯がみした。

種族の隔たりについての諸問題は意識していたが、解決策は見出せていない。

「身の程を知れ、ライオ＝グラード。リアーシュの旦那になるということは、この妖精郷の王となり、ゆくゆくはワシの後にこの玉座にすわるということ！　自分がどれだけ不敬なことを口走ったのか、わきまえよ」

「クソ、急に元気になりやがって」

「お父さま、弱い者には強いから……」

「俗物じゃねぇか！」

「んん？　なんか言ったかねライオ君……プフゥーッ」

耳が遠いふりをして、妖精王は煽ってくる。

「そもそも、リアーシュは今年で百十一歳……妖精郷においてハイエルフの婚姻が許されるのは二百歳からだから、娘が結婚できる歳まで果たして君は生きて――ぶべらぁっっ！」

得意げなシューランさんの顔面に、リアーシュがぶん投げた矢筒がめりこむ。

「大勢の前で娘の年齢を言わないでよパパのバカッ！」

「ぐふふ、パパ……九十八年ぶりにリアーシュがワシのことをパパと呼んでくれた……！」

この指導者で本当に大丈夫なのか妖精郷……いや、それよりも。

「ハイエルフが二百歳まで結婚できないってのは、マジなのか？」

「たしかにそういう掟はあるわ。それを曲げるとしたら、お姉さまみたいに……」

リアーシュの姉ミージュは、ヒト族の男との恋を貫くために妖精郷を追放された。

それはつまり、妖精郷の掟を守ったら、愛した男と添いとげることができないから……。

「リアーシュから故郷を奪ってなお、君は娘を幸せにできると断言できるか？　ん？　ん？」

シューランさんの突きつける問いに、俺は拳を握り締め、言葉に詰まる。

すると、庇（かば）うようにリアーシュが俺たちのあいだに割って入った。

「お父さまがそういう大人げない態度をとるなら、考えがあるわ。あたしだってお姉さまみたいに、妖精郷を出ていくんだから！」

シューランさんが青ざめた。

それはおそらく、彼が最も耳にしたくなかった宣言だろう。

「ま、待ってくれリアーシュ！」

「結婚できる年齢なんて、妖精郷の決まり事でしかないわ！　あたし、もう大人だもん！　ライオの子どもだって、産めちゃうんだから！」

「うううげええええええええええええええええっっ！」

「お父さまなんて……だい・だい・だい・だいっっっっっきらいよっ！」

「おほおおおおおおおおおおおぉぉぉぉぉぉぉぉぉぉっっっっっ！」

シューランさんはその場にぐったりと倒れ伏した。

いちいち断末魔のバリエーションが多いジイさんだな……。

「それくらいにしなさい、リアーシュ」

静観していた妖精妃サールが、口を開いた。

「あなたの気持ち、よくわかりました。覚悟は決まっているようですね」

「お母さま……！　ええ、あたしライオと一緒に行くわ！」

リアーシュは改めて宣言して、体当たりするような勢いで腕に抱きついてきた。

胸当てからはみ出た柔らかなふくらみが、二の腕にあたる。

「いい目をするようになったわね、リアーシュ。あなただけの幸せを見つけたことを、母は心から嬉しく思います。二人とも、こちらにいらっしゃい」

手招きされ、俺たちはサールさんの前に立った。

「ライオ君、娘のこと、よろしく頼みますね」

「は、ハイッ！」

「ふふ……若くてたくましくて、可愛らしい男の子ね……私の好みのタイプだわ」

はいっ!?

「よければ、今晩どう？　リアーシュに比べればおばちゃんだけど、まだまだいけるつもりよ。女エルフの身体について、いろいろ教えてあげるわ」

おばちゃんなどというが、俺の目には二十二、三歳ほどにしか見えない。

思わぬ誘惑に呆気にとられていると、リアーシュにツインテールで首を絞められた。

「ぐえぇ……」

「鼻の下伸びてるわよ！　お母さまも、娘の彼氏を誘惑するとか、なに考えてるの！」

「ふふ、この子ったらヤキモチ妬いちゃって、本当にライオ君のことが好きなのね」

「そ、それはその……もぅ」

今しがた声高に宣言してしまった以上、素直に認めないわけにはいかず、リアーシュはもじもじと恥じらいながらうつむいてしまう。

その娘の頭に、サールさんは自分がしていたペンダントを外して、かけた。

ペンダント・トップには、親指大の青い水晶が不思議な輝きを放っている。

「お母さま、これは？」

「私からの贈り物よ。その守り石には光の精霊の加護が宿っていて、闇の呪いから守ってくれるわ。たとえ離ればなれになっても、あなたはいつまでも、私の娘よ」

リアーシュの瞳に再び大粒の涙が浮かぶ。

「幸せになりなさい、リアーシュ……ミージュの分まで」

「……………………任せてっ！」

一泊……いや、三泊ぐらいのの間を置いて、リアーシュは力強くうなずいた。

「い、いかん！　リアーシュが出ていってしまったら、誰が我々の後を継ぎ、妖精郷を守っていくのだ……！　不老不死とは言え、我が種族の数も残り少ない……」

倒れ伏していたシューランさんがヨロヨロと立ち上がる。

その姿は、さっきまでより五十歳も年老いたように見えた（ヒト族換算）。

「誇り高きハイエルフと結ばれるのはハイエルフでなければならぬ……あ、アアぁーッ！」

「せっかくの娘の門出を祝ってあげられなくて誇り高きもないでしょう」

俺に飛びかかろうとした妖精王を捕まえて、サールさんが締めあげる。

「いだだだだだだだだだだだだだだだだだだだだだだだだだだだだだっ！」

「跡取りの問題なら私がもう一人産めばすむことでしょ……ってやだわ、私ったら。娘の前ではしたないんだから♪」

——グギィッッ！

「ぐぎゃあああああああああああああああああああああああああっ！」

「あれはハイエルフの中でもお母さまの一族ににだけ伝わる関節極め技《コカトリスウイング・ハイエルフフェイスロック》！　実際にこの目で見られる日が来るなんて！」

「あとでリアーシュにも教えてあげるわね。夫婦生活ははじめが肝心よ」

「やった！　ふっふーん、ライオってば覚悟しておきなさいよっ」

見るも無惨なシューランさんを前にそんな覚悟はしたくなかったが、リアーシュの言葉はつまるところ愛情の裏返しなので、俺はまんざらでもないのだった。

「さぁ、宴をはじめましょう！　ヴィースを打ち倒した英雄たちの凱旋と、妖精姫リアーシュの婚約のお祝いです！」

妖精妃サールの音頭に、異を唱える者はいなかった。

妖精郷の夜がはじまる。

シーン2　宴のあと

滅亡の危機を乗り越えた妖精郷の宴は、盛大なものだった。

参加するのはエルフの一族だけではない。外の森の動物や幻獣などもやってきて、主賓である俺とリアーシュの前に列をなした。

ハイエルフ・プリンセスであるリアーシュは数多の森の種族から愛されており、祝福の印とともに贈り物を受け取る。

片や、今後リアーシュの愛を独占することになる俺は、彼らにとって憎悪の対象でしかなく、ユニコーンに角でつつかれたり、カーバンクルにドングリを投げつけられたり、ヒッポグリフに後ろ足で蹴られたり、サンダーバードに頭上からフンを浴びせかけられそうになったりした。

これがハイエルフを嫁にもらうということか、畜生どもめ……！

しかし、隣にすわるリアーシュの横顔を見て、こんな可憐な女の子を独占できる男は地獄に落ちてもおかしくないな、などと考えてしまうくらいには俺も浮かれていた。

結局、俺とリアーシュが二人きりになれたのは、夜が深まり宴も終わってからだった。

「ここがリアーシュの部屋か……」

「あーあ、久しぶりにプリンセスとして振る舞ったから、肩が凝っちゃったわ」

部屋に入るや、リアーシュは窮屈な胸当てをとって、天蓋付きのベッドにダイブした。

一年以上も主の帰りを待ちわびていたリアーシュの私室は整頓されており、あまり生活感があるものではなかったが、不思議と俺にも居心地がよかった。

「なにぼーっとしてるのよ、早くこっち来て、将来の嫁の肩のひとつも揉みなさいっ」

リアーシュはベッドに腰を下ろして、隣に来るようにと、ポンポン叩く。

犬が尻尾を振るみたいに切れ長の耳をピコピコさせて……こりゃだいぶ浮かれてるな。

「いいけど、あとで俺の肩も揉んでくれよな」

「ライオはそんなに凝ってないでしょ？　ま、してあげるけどっ」

靴を脱ぎ彼女のベッドの上で膝立ちをすると、俺のお腹に頭を預けてくる。

「そんなに寄りかかられると肩揉めないだろ」

「えっへっへ〜、ライオのお腹、硬い。ぷにぷにしてない」

極上のシルクでもかなわぬハイエルフの髪の手触りを感じながら、肩を揉みはじめる。エルフらしい線の細い肩は、想像していた以上に硬くなっていた。

人見知りのくせして、頑張ってプリンセスしてたもんな……今日はほとんど動物が相手だったけど……。

「あん、そこそこ……もっと強くしていいわよ」

「こうか？」

「そうそう、いい感じ♪」

　一緒に旅をして仲良くなってから、こんな風に触れ合う機会は何度かあった。しかし、今はそれらの時とは少し違う。俺たちがやり取りする言葉と言葉のあいだには、告白し、それを受け入れた恋人同士の、甘やかな間とでも呼ぶべきなにかがあるように感じる。

「リアーシュ……」

　彼女の肩を揉んでいた俺は、衝動的にリアーシュを後ろから抱きしめていた。

　リアーシュがふり返り、肩越しに鼻と鼻がくっつきそうな距離で見つめ合う。

「一年前に出会った時は、こんな風になれるとは思ってなかったな」

「そう？　あたしはなんとなく、予感してたわよ」

　リアーシュは意味ありげな笑みを浮かべてウインクをした。

　一年前——初めて出会った時の記憶は、昨日のことのように思い出せる。

　妖精郷から最も近いヒト族の王都メリオスの市で、行商人が連れていた馬が、突如として暴れだした。

　往来の激しいなかを暴れ馬は走りまわり、狂騒に陥る王都の広場。

　その時、俺は所属する傭兵団の買い出しに一人で来ていた。逃げ惑う人々を放っておくことなどできず、馬を斬りすてる腹づもりで駆けより、腰の剣に手をかける。

　そこに現れたのが、リアーシュだ。

「剣はしまって。あの子が余計に怯えるわ」

目深にフードをかぶった少女が、我を失って竿立ちする暴れ馬の背中に飛び乗る。

馬は彼女を振り落とそうと二、三度飛び跳ねると、少女のフードが脱げた。現れたのは黄金のツインテールとエルフの特徴である切れ長の耳、そして目も眩むような美貌である。

「怖くないわよ……ちょっと人混みに疲れただけよね。あたしもその気持ち、わかるわ」

しがみつくエルフの少女がささやきかけると、馬はみるみるうちに落ち着きを取りもどして、大人しくなった。

彼女が背中から降り、その白く長い指先で鼻先をなでた途端、つり上がっていた馬の双眸がうっとりと蕩けていったのを、俺は生涯忘れないだろう。

俺は名も知らぬエルフの可憐な容姿と鮮やかな手腕、そしてなによりも馬をなだめた時の慈愛に満ちた笑顔に心を奪われて、しばし身動きがとれなくなっていた。

「あなた、この馬のこと頼んでいい？」

ゆえに、彼女がそう告げた時、それが俺に向けられた言葉だとすぐには気づけなかった。

周りに人が集まってくると、彼女はフードをかぶりなおし、人々の視線から逃れるようにどこかへと走り去ってしまう。

その行動がお忍びで人里に遊びにやって来たハイエルフ・プリンセスとしての事情と、リアーシュの極度の人見知りによるものだとは、今ならばわかる。

しかし俺は、エルフ少女の颯爽とした振る舞いに、余計に心を惹かれてしまっていた。

「……って、ちょっと待てよ。思い返してみても、あの出会い方って、俺にいいところなかったよな？　どうしてリアーシュは俺とこんな風になれるなんて予感したんだ？」

尋ねると、彼女は「とぼけちゃって」と鼻先をつついてきた。

「あたし知ってるのよ。ライオがあの馬を商人から買い取ってくれたの。あの馬、元の持ち主のところに帰したら、殺されてたんでしょ」

「見てたのか……」

「影からこっそりね」

ペロリと舌を出すリアーシュの言うとおりだった。行商人だった馬主は「二度も同じことが起きたら困るからなぁ」と馬を処分する旨をぽつりとこぼし、それを聞いた俺は「だったら俺に売ってくれ」と買い出し用に預かっていた金貨を差しだしていた。

「ライオ、馬を買い取ったせいで、団長さんから、みんなに大目玉を食らってたでしょ」

「うへえ、そこまで見てたのかよ……」

「馬を買う時、ライオが使っちゃいけない大事なお金を使ってるんだってわかったから、気になっちゃって……ごめんなさい」

頬を朱色に染めて、ハイエルフ・プリンセスは申し訳なさそうにする。

「いいよ、次の日の『断食の刑』はちょっとキツかったけど、リアーシュとの接点が手に入ったみたいで後悔はしてなかったし。それに夜に誰かが食べられる木の実を差し入れしてくれて……って、あれ？　もしかして――」

リアーシュの顔を覗きこむと、彼女は少し得意げに唇の端を上げる。

「王族たるあたしが、あたしのために苦労してくれた人を飢えさせるわけないでしょ」

「リアーシュ……！」

一年の時を経て明らかになった真実に、胸がときめいた。

暴走することもあるけれど、リアーシュのこういう本質的な優しさに俺は惹かれたのだ。

「ありがとう……今さらかもしれないけど、お礼を言わせてくれ。てか、それなら顔を見せてくれてもよかったのに」

「お、男所帯でちょっと怖かったし……それに、本当は木の実の他にも焼き魚とか持ってってあげようと思ったんだけど、その、消し炭にしちゃって……」

もじもじと人さし指を突き合わせるリアーシュ。

超箱入り娘のハイエルフは、料理は苦手なのだった。

まぁ、リアーシュが出してくれた皿なら、俺は毒でも食うけどな……！

リアーシュが気にしていることなので口には出さず、彼女の頭をなでるにとどめた。

「そ、そういえば……あれからあの馬は、どうなったの？」

ハイエルフ・プリンセスは、照れ隠しに話題を変えた。

「あいつは、なんだかんだギルガ団長に気に入られて、荷物持ちとして立派な傭兵団の一員になったよ。それで……」

言葉尻を濁した俺に、リアーシュはさっき以上にすまなそうな顔をした。

「ライオの、傭兵団って……」

「ああ、みんな、ヴィースの邪竜に殺された……」

ヴィースが邪竜を連れて暴れだしたのは、リアーシュの一件から一ヶ月後のことだった。

ヴィースと邪竜は、妖精郷の森だけでなくヒト族の村々も無差別に焼き払っていたため、俺が所属していた傭兵団にも邪竜討伐の仕事が舞い込んできた。

結論を先に言うと、大敗だ。

邪竜は、まともな人間がかなう相手ではなかった。

傭兵団は、俺を残して全員、殺された。

ただ一人生き残ってしまった俺は、仲間の仇を討つ誓いを立て、修行に明け暮れた。

その果てに、預言者を名乗る老婆から「妖精郷の姫と再び見(まみ)えよ」という託宣を受ける。

預言に従って妖精郷の門を叩いた俺は、一目惚れしたエルフの少女と再会した。

邪竜によって妖精郷もまた甚大な被害を受けており、すでに面識もあった俺とリアーシュは、ヴィース討伐のため、ともに旅立った。

俺とリアーシュは数多のクエストを突破し、強力なハイエルフでありながら人里に隠棲していたミージュに協力を仰ぐなど紆余曲折を経て、とうとうヴィースを討伐。

今にいたる。

「たくさんの犠牲の上に、あたしたちはいるのよね……」

「そうだな……でも俺は今、幸せだ。リアーシュも同じくらい……いや、それ以上に幸せにしてやりたい」

「ライオ……！　その言葉だけで、充分なくらいよ」

リアーシュは、至近距離で薄緑色の瞳をキラキラと輝かせた。

「リアーシュ……」

今度こそキスをして……あわよくばその先にも進もう。

俺はミニスカートから伸びるリアーシュの白い太ももに手を乗せて、身を乗りだすようにゆっくりと顔を近づけていく。柔らかな太ももをなでさすると、彼女はわずかに身体をびくつかせたが、拒むことはなかった。

俺たちの距離は縮まっていき、影がひとつに重なろうとした、その時──。

「い、いやあああっ！」

突然、リアーシュが絹も裂けんばかりのかん高い悲鳴を上げた。

しまった、口のにおいか！　臭かったか!?

すーはー、と口元に手を当てて確認するが、そんなにヤバくはない、はず……！

「窓に、窓に！」

リアーシュが俺の肩越しになにかを見ていると察し、ふり返る。

「窓になにが……うわあああああああっ！　でたあああああああっ！」

俺もまた、リアーシュに負けず劣らずの悲鳴を発した。

葡萄色の髪、薄紫色の瞳、褐色の肌。

豊満な肉体を飾る、扇情的な漆黒の鎧。

窓のむこう側、外のテラスに立っていたのは、リアーシュの姉、ミージュだった。

整った美貌に、ニヒニヒと下卑た笑みを貼りつけて、こっちを覗いている。

右手にはワインの瓶を持っていて、その手首には、俺たちが墓標代わりにしたヴィースの黄金の腕輪がはめられていた。

「いやあ、お化け！　悪霊退散！」

「失礼ねぇ、死んでないし、仮に死んででも悪霊にはならないわよ！」

ミージュの声が窓越しに聞こえてくる。

ガチで怯えるリアーシュが目の前にいるおかげで、俺は幾分早く冷静さを取りもどした。

どうやら本当に、ミージュは生きているらしい。

「ミージュ……本当に、生きてるのか⁉」

俺は窓を開けて、ミージュを部屋に入れた。

千鳥足で強烈な酒のにおいを漂わせる彼女は、決して幻覚ではない。

「どうして……なんで、お姉さま……」

「昔いろいろ黒魔術の研究してた時にわたしの身体を被検体にしてたから、その副作用で五、六回くらいなら死んでも蘇れる身体になっちゃったのよねぇ」

とんでもないことを「日焼け止めを塗り忘れたから日焼けしちゃった」くらいのテンションで言われて、俺は返す言葉を失った。

一方でリアーシュは、声を張り上げて復活した姉に食ってかかる。

「なによそれ！　そういうことはもっと早く言いなさいよ！」

「だから戻ってくるって言ったじゃない。むしろここは喜んでむせび泣く場面でしょ！」

「あの時のは化けて出るようなノリだったわよ、紛らわしいのよ！」

「逆ギレしないでくれる!?　誰のせいで死んだと思ってるの！　うりゃあっ！」

「耳ーーーーーーーーーーっ！」

「ライオもね」

「鼻ーーーーーーーーーーっ！」

リアーシュと俺は、ミージュにそれぞれ耳と鼻を引っ張られてその場に悶えた。

「うう、だからお姉さまと関わり合いになるのはイヤなのよ……」

「すまん……俺もリアーシュもだいぶ混乱していたんだ」

「まぁ、命のストックが一個減っただけだし、わたしもちょっと悪ふざけが過ぎたから、もうこのことに関してはこれで水に流しましょ」

「え？　お姉さま、こんなんであたしを許してくれるの⁉」

耳を押さえて絨毯の上をごろごろ転がっていたリアーシュが、バッと起きあがる。

「そりゃねぇ……子作りの仕方も知らないあんたの口から『もうライオの子どもを産めちゃうくらいに大人だ～』なんて宣言を聞かされたら、優しい気持ちにもなるじゃない」

言葉とは裏腹に、ミージュは意地悪な笑みを浮かべて「ププッ」と小さく吹き出す。

リアーシュは顔を真っ赤にして叫んだ。

「な、なんでそのことをお姉さまが知って――あ！　さては透明化の魔法を使って、あの場にいたのねっ」

透明化の魔法は、ミージュの得意魔法のひとつだ。ヴィース討伐の冒険の際にも、これで何度も助けられている。

「シューランさんの玉座を後ろに下げて転ばせたのは、ミージュの仕業か」

シューランさんが転んだのは、ミージュの悪口を言った直後だった。

褐色のハイエルフは否定も肯定もせずに、話を逸らす。

「リアーシュ、必要になったらまた避妊の呪印を描いてあげるから、言いなさいね」

「ふ、ふん！　ごあいにくさま、あたしはもう子どもの作り方を知ってるから、お姉さまに手間をかけさせる必要はないわよ」

「なんだって!?」

リアーシュの切り返しに、俺は耳を疑った。

ミージュを埋めてから今日まで、性に疎(うと)いリアーシュがそういう情報を手に入れる機会はなかったはずだ。

何度も「俺が教えようか」と喉もとまで出かかったけど、結局できなかった。

「どやぁ！　ついさっき、こっそりお母さまに教えてもらったのよ！」

んなこと自慢げに言うことでもないと思うが、俺の心拍数は一気に跳ね上がる。

リアーシュが正しい知識を得たとなれば、俺と彼女のグランドクロスを阻むものはない。

無知なリアーシュにゼロから教えていきたいというドロドロした欲望がないわけでもなかったけれど、これはこれで僥倖！　グッジョブ、サールさん！

今日、とうとう俺は、リアーシュと大人の階段をのぼる……！

「ちなみに、参考までになにをどうするのか訊いていい？」

ミージュが抑揚のない冷静な声音(こわね)で尋ねた。

「そ、それはその……硬く、大きくなったのを……入れて……」

「ナニが硬く大きくなってドコに入れるのか、具体的に名前をいってもらわないと本当にちゃんと理解したのかわからないわねぇ」

頬を桜色に染める妹に、姉は意地悪に詰めよる。

俺はリアーシュを庇ってやりたかったが、恥じらう彼女の口から卑猥な言葉が聞けるのかと思うと期待に胸がふくらみ、なにも言えない。

ごめんよリアーシュ……俺は罪深い男だ。

「ああもう、言う、言うわよ！　男の人は縄でぎゅうぎゅうに縛ってあげたら喜んで乳首が硬く大きくなるから、その時あたしの口の中に入れるんでしょ！　相手が喜ぶのよりも一段階強めに歯をたてるのがいいって聞いたわ！」

そりゃシューラン（マゾ）さんとサール（サド）さんの夜の営みだぁッ！

「男の人の乳首ってなんのためにあるのかなって思ってたんだけど、赤ちゃんの素が出る場所だったってことよね！」

母親からどういう情報がもたらされたのかわからないが、きっとおそらくまず間違いなく予想の斜め下（あるいは上）をいく解釈……！

なんでこのハイエルフ・プリンセスは、性的なことに関するセンスが皆無なんだ？

こんなに、こんなにエッチな身体をしてるのに……！

「あれ？　あたし、なんか間違ってた？」

頭を抱えてうずくまる俺に、リアーシュが可愛らしく小首を傾げる。

「試してみたらいいんじゃない？　ここで過ごすのも最後の夜になるわけだし、いい思い出になるでしょ」

ミージュが投げやりな調子でつぶやくと、リアーシュの薄緑色の瞳が揺れた。

その動揺が「最後の夜」という言葉に起因したものであることを、俺は見逃さなかった。

にぎやかな狂騒から一転して、リアーシュの部屋に静寂が訪れる。

そりゃそうだ……長年慣れ親しんだ故郷を捨てるなんて、悲しくないはずがない。

若くして両親に捨てられ故郷のない俺にだって、それぐらいのことはわかる。

英雄道大原則ひとつ、大切なものは失って初めてその重大さに気づく。

「リアーシュ……妖精郷を出ていくっていうの、やっぱり、やめないか？」

「え、どういう意味？」

「言葉どおりの意味だ。ミージュの前で言うのもアレだけど、簡単に故郷を捨てるなんて言うもんじゃない。リアーシュは生まれ育ったこの妖精郷を大切にしなきゃダメだ」

リアーシュは、強がっていることを見破られた子どものように、肩を揺らす。

「でも、そしたら、ライオと……」

「方法を考えよう。家族も故郷も捨てずに俺たちが結ばれることはできると思う」

薄緑色の瞳に、涙がにじむ。

「妖精郷のエルフたちはライオに刃を向けたし……その長であるお父さまは、あんなひどいことを言ったのよ？」

「これは自己満足でしかないんだけどさ……俺には故郷も家族もないから、その両方を持ってるリアーシュがうらやましいんだ。俺のためにその二つを失うのって、すごくもったいないことなんじゃないかなって……」

「あたしは、ライオのほうが大事よ。ずっとずっと大事」

「わかってる。だからこれは、リアーシュじゃなくて、俺のワガママだ」

リアーシュは、突進するような勢いで、俺の胸に飛びこんできた。

衝撃が背中を突き抜けて身体をくの字に折りかけるが、いい場面なので、俺はギリギリのところでこらえる。

「なによそれ……ライオ、かっこよすぎ……ズルいわよ……」

肩に顔を押しつけて、わずかに泣いている。俺はリアーシュの頭を優しくなでた。

リアーシュには俺以上に幸せになって欲しい……先ほどの言葉を、上辺だけのものにするつもりはない。

「俺はリアーシュのいいところも悪いところも全部ひっくるめて愛してるんだから、遠慮なんかしないで、もっとワガママも言ってくれよ」

「そうね……あたし、今までも結構ワガママ言ってたと思うけど、これからはもっと」

「それもそうだな」

「え？」

「えっ？」

……一拍の間。

「んんっ！　それじゃあ気を取り直して、リアーシュが故郷を捨てないですむ方法について考えてみようか？」

「ねぇライオ？　あたしって、そんなにワガママだった？」

「ようするに問題なのは、俺の寿命だよなっ！」

ずずいと詰めよってくるリアーシュから逃れつつ、俺は強引に話を進めた。

ハイエルフ・プリンセスは十秒ほどむくれていたが、なにか閃いたらしく挙手する。

「はい！　いいこと思いついたわ」

「はい、リアーシュさん」

「捨てるんじゃなくて、逆に妖精郷をあたしとライオのモノにしちゃえばいいのよ。あたしとライオの力があれば余裕でしょ、支配」

「待って待って待って」

そんな朗らかな笑顔で支配の提案をしないで⁉

「改革、クーデターよ！　どうせハイエルフは死なないんだし、物分かりの悪いお父さまを筆頭とするジジババはどっかに監禁して、百年ぐらいかけて教育してやればいいわ」

「いや、その、ほら、ハイエルフの掟も問題だけど、俺はリアーシュを一人残して死にたくないってのもあるからさ……」

「あ、そっか。たしかにそうじゃなきゃ意味ないわね」

よかった……ナチュラルボーン魔王さまは、納得してくださった。

「婚約して、夫婦漫才に磨きがかかっちゃったわね……」

脇で見ていたミージュも嘆息している。

「お姉さまは、なにかいい案ない？」

「いい案もなにも、リアーシュに寿命をそろえたいなら、ライオが不老不死になるしかないじゃない。わたしも暇だし、協力してあげないこともないけど」

「ミージュは、ヒト族が不老不死になる方法を知ってるのか？」

尋ねると、再び深いため息。

「わたしも昔、ヒト族の男と駆け落ちしたクチだからね。今のあんたらと同じように、寿命をそろえる方法を探したわ」

ミージュは指を折りながら、不老不死になる方法を列挙する。

永遠の命を授ける指輪、月からもたらされた不老不死の霊薬、魔神を封じこめたランプ、猿の腕、人魚の肉、七つ集めたら神の龍を召喚できる宝玉……等々。

「結構あるんだな……」

「まぁ、いくつかは眉唾でしょうけどね」

「ひっくり返せば、いくつかは本物ってことじゃない！」

リアーシュは興奮気味に拳を握りしめた。

「ライオ、早速明日から出発しましょ！　あなたを不老不死にする方法を見つけにいくの！」

「ああ、そうだな！　シューランさんとサールさんにも教えよう」

こんなにも身近に希望の光があるとは思っていなかったので、俺も身体に力がみなぎってくる気分だった。

やっぱり、リアーシュと婚約したのは、間違いではなかったのだ……！

「そうね！　あたし今すぐ伝えてくる。それで『ライオが不老不死になってもエルフじゃないから認めない』とか言いだしたら、監禁して教育してやるってことも合わせて！」

「いや、監禁とかはいいよ!?」

「それもそっか。ヤるなら奇襲じゃなきゃ意味ないわね！」

「そういう意味じゃなくて！」

部屋を飛びだしていこうとするリアーシュは、扉の前でぴたりと足を止めて、こっちを向いた。わずかに、頬が赤い。

「あ、そうだライオ。今晩のことなんだけど……」

俺の心臓が跳ねあがる。

たとえ彼女が子どもの作り方を知らなくても、頬を赤らめて「今晩のことなんだけど……」

なんて言われたら、ドキドキしないわけにはいかない。

「あたし、この一年ずっと妖精郷に帰ってなかったたし、明日からまた、離れることになるから……今夜くらいは、お母さまたちと一緒に過ごしたいなって思うの」

「あ、ああ……そういうことか。わかった。うん、いいと思う」

俺がうなずくと、リアーシュは満面の笑みを浮かべた。

「ありがとっ♪　あたし、ライオが恋人で本当に良かった！」

一度戻って俺の頬にキスをしてから、ツインテールをなびかせ部屋を飛びだしていく。

ああ、リアーシュが……ほっぺに……ほっぺにちゅーを……！

俺は感動に打ち震えながら、生まれてきたことを神に感謝した。

「かっこつけすぎじゃない？　本当はリアーシュとしっぽりキメたかったんでしょ？」

隣に立つミージュが、感動に水を差してくる。

「これでいいんだよ……したいとは思うけど、別に焦らなくったって、俺たちのペースってもんがあるはずだし……」

「そんなこと言ってるから、あの子はいつまでもあんなだし、ライオも童貞なのよ」

「どどどど童貞ちゃうわ！」

「あら、違った？　……本当に？」

「いえ、童貞です……紛れもない新品です」

意地を張ってもむなしくなるのは目に見えているので、俺は素直に打ち明けた。

顔が熱を帯びる。童貞をことさら恥とは思っていないが……いや、やっぱ恥ずかしい。

「別に恥ずかしがることはないわよ。処女をありがたがる男がいるように、わたしも童貞好きだし。なんだったら、リアーシュとする前にわたしとヤッて自信つけとく?」

ミージュは指先で俺の顎をなでて、蠱惑的な笑みを近づけてきた。

姉妹だけあって、ミージュもリアーシュに負けないくらいに、可愛くて美しい。

「百年前に妖精郷を追い出された外道ハイエロエルフさんは、テクには自信があるわよ」

「は、ハイエロエルフって……自分で言うなよ」

胸元の大きく開けた旅装は、男の視線を否応なく、そのふくらみの谷間へと引きよせる。

「ふふ、言葉と視線が正反対よ。触りたかったら、触ってもいいわよ」

「ま、マジで……?」

「マジマジ、別に減るもんじゃないしね」

夢にまで見たハイエルフの胸にとうとう触れる日が……って、バカか!

婚約したその夜に、リアーシュを裏切るような真似をしてどーする!

俺は英雄、精神攻撃には強いのだ。鋼の理性でもって、誘惑なぞふりきってみせる!

「アホ言うなって……それより、ミージュもシューランさんのとこ行ったほうがいいんじゃないか? あの親バカぶりを見る限り、本心から娘のことを嫌ってなんてないだろ」

「いらぬお節介よ。わたしはこの窮屈な郷に未練もないし。二人でお酒飲みましょ」

ミージュは肩をすくめて俺から一歩離れ、手に持っていたワインの瓶を振ってみせた。

中にはまだ半分くらい入っている。

「俺はいいよ。そんなに酒強くないんだ。一緒に旅をしてきて、知ってるだろ」

「あんた、わたしの義弟になるんでしょ？　お義姉ちゃんの酒が飲めないってわけ？」

「お義姉ちゃんってな……」

半ば強引にミージュに手を引かれ、窓の外の、二階テラスに出た。

涼しい夜の風が頬をなでていく。

眼下に広がるシューラン城の庭では、点々とした明かりの中で宴の片付けが行われており、祭のあとの寂寥感が夜気に溶けているようだった。

空には真円の月が黄金に輝く。

——ドクン！

俺は、不意に胸の内側でなにかが蠢いたのを感じた。

巨大な蛇が心臓に絡みつき、鎌首をもたげている。

蛇の瞳は感情を読みとることができず、ただまっすぐに俺を、じっと観察している……！

「どうしたの、ライオ？」

「え？　あ、いや……なんでもない」

ミージュに声をかけられると、胸の違和感は吹き飛んだ。

気のせいだ……そう考えて、手すりにもたれかかるミージュの横に立つ。

「ありがとな……俺が不老不死になるの、手伝ってくれるって言ってくれて、助かった」

「またあんたたちと一緒に旅をするとと思うと、ちょっと思いやられるけどね」

「……迷惑だったか？」

「暇だって言ったでしょ。どーせ帰ったって、街に降りて酒を飲んで、めぼしい男を見つけたらベッドに連れこんで……ってだけの人生だし、気にすることないわ」

ミージュはワインを瓶から直接あおって、ケラケラと笑った。

「ただ、強いて言うなら、ライオはダンジョンとかに潜った時、宝箱から出てきた装備を真っ先にリアーシュに装備させようとするのは、控えたほうがいいんじゃないかしら」

「え？　あ、ああ……たしかにな。装備が呪われてることもあるし……」

「いや、そういう意味じゃなくて」

褐色のハイエルフは、真面目な表情で俺の肩を掴んだ。

「ライオたちの仲間になって半年くらいだけどさ……どういうわけかあの子の装備って、常にわたしやライオの装備よりもワンランクいいのをつけてたでしょう」

「そ、それは……！」

「俺の嫁だと言わんばかりに、リアーシュだけはその時準備できる最良の装備構成！　何度かあの子のお下がりのアクセサリをわたしに渡したこともあったわね？」

ミージュの指摘に、青ざめる。

たしかに俺は、常に俺やミージュの装備を二の次三の次にして、リアーシュにばかり優秀な装備を与えてきた。リアーシュを特別に思うばかり、贔屓していたのだ。

「まぁ、気持ちはわからんでもないけどね……あの子も逐一ライオからもらう度に大喜びして、古い装備を換金しないでサンダーバード呼んで妖精郷に送りつけてたし」

「そんなことしてたのか!?」

「部屋のクローゼットあたりを覗いてみなさいよ。きっとあるわよ」

ミージュに言われ、俺はすばやく室内に戻り、クローゼットを開けてみた。

「ほ、本当だ！」

旅立った直後にリアーシュに渡した《旅人のマント》や、魔力を使い切って効力を失った《罠察知の指輪》が、俺が贈った順番に整頓して保管してある……！

リアーシュ……こんなものまで、大事にとっておいてくれてたのか……！

そういえば、人見知りのリアーシュが装備を売りに行く時だけはどういうことか一人でやりたがって、おまけにやたらと乗り気だったな……。

いつも相場の倍くらいのお金を持って帰ってくるのも、武器屋のおっさんがハイエルフをありがたがっておまけしてくれたんだろう、くらいにしか考えてこなかったが……。

妖精郷という無尽蔵の財源を擁するリアーシュならば、やろうと思えばやれる。

俺は衝撃を受けつつ、テラスに戻ってミージュに「あった」と伝えた。

「よかったわね、リアーシュに愛されてて」

「ああ……俺は、世界一の果報者だ……」

「リアーシュも同じことを言うわよ……で、そんなライオにひとつ相談なんだけど」

ミージュなニヒヒと愛嬌を感じさせる笑顔を近づけてくる。

「やっぱり、私と一発、ヤッておかない？」

「――は？」

「わたし、リアーシュとは逆につれなくされると燃えちゃう性質なのよね。思い出したら、なんかしたくなっちゃった」

「ば、バカ！　流れ的におかしいだろ！　飲みすぎだぞ！」

「たとえシラフだって、ライオが望んでくれるなら、わたしは喜んでパンツ脱ぐわよ」

薄紫色の瞳が、試すように俺を正面から見つめてくる。

その場のノリでミージュが俺をからかってくることは、前にもあった。

しかし、今夜は……なんだか、いつもと様子が違う……そんな気がする。

「自分には故郷がないから、愛する人には故郷を捨ててほしくない……」

褐色のハイエルフが、小さな声でつぶやく。

「さっきあんたがリアーシュに贈った言葉……正直、ちょっと応えたわ」

「わ、悪かった……」

「謝らないで……そういう意味じゃないの。わたしは故郷を捨てたことなんて、これっぽっちも深刻に考えてなくて、にもかかわらずライオにああ言ってもらえたリアーシュを、羨ましいって思った」

いつも自由奔放に生きているミージュが、さびしげに笑う。

「きっとわたしも、家族が欲しかったんだわ。ライオみたいに理解を示してくれる、ね……けど、そのことに気づいてなかった」

再び瓶を傾けて、ミージュはワインを飲み干す。

顔の赤みがいっそう強まり、甘えるように俺の肩に頭を預けてきた。

「ちょ、やっぱ飲みすぎだって……！」

「ねぇ、どうしても、リアーシュじゃないとダメ？」

「はぁ？」

「もしもライオがリアーシュより先にわたしと会っていたら、わたしのことを好きになっていた……そんな可能性って、ない？」

「ミー、ジュ……？　な、なにを……」

「一度だけ、本心を言うわ。わたし、ライオのこと好き。優しくて、強くて、弱くて、寂しがりで……あんたがリアーシュのことしか見てないとしても、そういうところも好き」

婚約者の姉の手が、俺の頬に触れる。

頭がクラクラするような、強いアルコールのにおい。

魅力的な赤い唇と、そのあいだから覗く真珠の歯。そして、おっぱい……。

いや、落ち着け……俺はリアーシュに初めてを捧げると決めているんだ。

一発ヤッて自信をつけとく必要なんて、一切ない。

初めて同士……挿入に何度も失敗するとか、不格好になることもあるだろう。しかし、それも数年後には笑って話せる思い出話になっている、俺たちはそういう夫婦になるのだ。

「家族がいない者同士だからこそ、お互いの傷を癒やすこともできるって……そういう関係もあるんじゃない？」

ドクン、と心臓が脈打った。

心臓に巻きついた蛇のイメージが再び脳裏に現れて、その力を強める。

苦しい。心に穴が空いてしまったような、途方もない孤独感に苛まれる。

俺には、寄りかかってくるミージュが、芳香を放つ果実に見えた。

喉が渇く。……したい。この孤独を、今すぐ、癒やしたい。

「……なんて、冗談よ。リアーシュに怒られちゃうし、今のは忘れ――あむっ！」

離れようとしたミージュを抱きよせて、唇を塞いだ。

「ら、ひゃ、あん、む、んぅ……」

強引に舌をねじ込み、言葉を発することも許さずに吸いあげ、貪(むさぼ)るようなキスをする。

ワイン混じりの甘い唾液を飲み、柔らかな唇を甘噛みする。

手は彼女の開かれた胸の谷間にすべりこみ、強引に胸を揉んだ。

どこまでも柔らかく、豊満で、手のひらにしっとりと吸いついてくる弾力感。

「や、はぁっ……もぅ！」

ミージュの指先が、俺の鼻をつまんできた。

俺は呼吸のために、一度ミージュから顔を離す。

「ど、どうしたのよいきなり……洒落(しゃれ)になってないわよ」

褐色のハイエルフは、顔を真っ赤にして、乱れた胸元を押さえている。

その姿に欲望はいや増した。

「たしかに、先に誘ったのは、わたしだけど……」

ミージュは困ったように眉尻を下げながらも、いつのまにか俺の鼻をつまんでいた指を、硬くなった股間部に這わせていた。

「しょうがないわね……責任をとって、最後まで面倒見てあげるわ」

俺は抵抗を放棄したミージュを部屋に連れこみ、ベッドの上に押し倒した。

シーン３　事後

窓から差しこむ陽光を浴びて、俺は目を覚ました。

耳に聞こえてくるのは、チュンチュンと鳴いている妖精郷の鳥の声……。

遠くからギャオースと、昨夜俺にフンをかけようとしたサンダーバードの声もする。

あの野郎……今度あったら焼き鳥に……。

いやいや、いかんいかん。私怨は忘れろ。

「う、ん……？」

英雄道大原則ひとつ、無闇な殺生をしてはいけない。

「てか、なんだ？　頭と腰が、ムチャクチャ痛いんだけど」

ここはどこだっけ？　見まわして、リアーシュの部屋であることを思い出す。

そうだ……昨夜は妖精郷で宴があって、俺とリアーシュの関係を祝福してもらって、その後
リアーシュの部屋でこれからのことを決めて、それで……。

ミージュと……。

血の気が引く。

俺はなぜ、裸でリアーシュのベッドの上にいる？

隣にはどうして、同じく生まれたままの姿のミージュが眠っているんだ？

肉体は、はっきりと覚えていた。

瑞々しく濡れたミージュの肢体や、お互いに最も無防備な部分を触れ合わせた時の高揚感。

そして、自らの内にたまった欲望をすべて出し尽くした時の蕩けるような……！

「気持ちよかった……！」

って、待て俺！　それより先に口にする言葉があるだろ！

心臓をぎゅううっと握りつぶす息苦しさと目眩。

背中を這いのぼってくる寒気、全身から滝のごとく流れ落ちる汗。

キリキリキリ……。

リアーシュへの申し訳なさに満たされ、身体は鉛のように重く感じる。

キリキリキリキリ……。

修行を重ね、数多のクエストをクリアし、とうとう邪竜討伐もこなして勝ち取った英雄の称号……胸のうちで誇らしい輝きを放っていたそれが、急激に色褪せ薄汚れていく。

キリキリキリキリキリキリ……。

なんだこの、さっきから聞こえてくる神経を病む不快な音のようなものは……ま、まさか、リアーシュが弓を引き絞って俺の命をねらって……！

キリキリキリキリキリキリキリキリキリキリキリキリキリ……！

違う、胃だ！

胃が、痛んでるんだ！

肉欲に溺れ愛する人を裏切った、英雄失格な俺を、責めさいなんでいるんだ！

「ガハァッ！」

俺は吐血した。

初めて、ストレスで人間が血を吐くことを知った。

「俺は、リアーシュを、リアーシュだけを、愛しているはずだ」

たしかにミージュのことは嫌いではない。むしろ好きだ。魅力的な女性だと思っている。道行く男がふり返らずにはいられない美貌の持ち主であることはもちろん、エルフのくせして裏表がなく付き合いやすいことも、この手に収まりきらぬ巨乳も、褐色の肌も、黒魔術に造詣が深く、その一方で身体能力も抜群で、戦闘において無類の信頼をおけることも、キュッとくびれた腰、ムチムチの太もも、ちょっと大きめの丸いお尻、ぷっくりとした唇、どれも味わい深かった……優しくリードしてくれて、包容力もあって、初めての俺が満足するまでがっつり三ラウンドも……感動したぁ……。

「って、ああああああああ、そうじゃねぇえええ！」

声を上げて否定しても、頭は昨夜の鮮烈な情事を回想し、股間部が屹立しはじめる。

「おまえ……！　違うだろ……？　それは朝の生理現象だ！　どうしようもないことだ！　俺

は悪くねぇっ！　俺は悪くねぇっ！！」

「んんぅ、どうしたのライオ？　朝から自分のチ●コに話しかけちゃって……」

傍らで眠っていたミージュがもぞもぞと動いて、目を覚ました。

「あら、もうこんなに元気なのね。やっぱりヒト族ってすごいわぁ」

宝石のような薄紫色の瞳に覗きこまれ、心臓が高鳴る。

「普通のエルフの男だったら、一ラウンドで三日はベッドから起き上がれないもの」

「わかったから……そんなに見ないでくれるか？」

ミージュに熱い視線を注がれて、愚息は収まる気配がなかった。

「いいじゃない。ライオのこれ、好きになっちゃったわ……ちゅっ、はぁむ……」

「あっ……」

ミージュの唇が、赤くふくれあがった先端部分にキスをし、くわえてくる。

あたたかく柔らかな感触に包まれて、身体が痺れたように動かなくなった。

「ちょ、なにや……ダメだって……」

「ふふ、昨日あれだけ求めてきて、今更なに言ってるのよ。リアーシュじゃ絶対こんなことしてくれないだろうし、経験できること、いろいろとしたほうが得でしょ」

「いや、俺はそんなつもりは……ぅあっ」

「ちゅむ……ぅん……こんなに硬くしておいて説得力ないわよ。リアーシュには言わないから、正直になって気持ちいいことは受け入れなさい。ほら。ン、ちゅ、ちゅるぅ……」

「あああああっ、だ、ダメ……っ」

出してはならない！　自分にそう言い聞かせる一方で、唾液と舌を絡めた巧みなしごきに、抗う術はなかった。

目がチカチカするほどの官能に身体は震え、達してしまう。

「んんっ！」

出る瞬間、ミージュは深く喉の奥まで受け入れて、俺のほとばしりをすべて受け止めた。

唇の端からこぼれた雫を舌先でぺろりと舐めとって、いたずらっぽい笑みを浮かべる。

「朝のいっぱい、ごちそうさま」

「あ、ああ……」

下品だ、と突っこんでやりたいが、全身を襲う虚脱感と満足感に頭が働かない。

自分自身でも理解できないが、すべてを飲んでくれたミージュの奉仕が嬉しくて、胃の痛みも消えていく。

「ふふ、よっぽどフェラがよかったみたいね」

フェラ……噂には聞いたことがあるが、このような快楽が地上にあったとは。

ミージュに頭をなでられ、俺は幸福な朝のひとときを味わう。

しかし、それも束の間。

「リアーシュ、リアーシュぅ……俺は、取り返しのつかないことをしてしまった」

俺の初めては！　リアーシュに！　捧げるはずだったのに……！

真に愛すべき婚約者の像が脳裏に結ばれ、再びキリキリキリ……と、胃が痛みだす。

「陶然としているようで、額に脂汗を浮かべちゃって。ふふ、出会った頃はあんなに青臭かった童貞が、背徳的な火遊びを覚えちゃったわねぇ♪」

「覚えちゃったわねぇ♪　じゃない！　楽しんでませんから！」

「そうなの？　童貞特有の超必死さで、やっぱリアーシュとヤる前に、どうしても経験しときたくなったのかな〜、って思ったんだけど」

ミージュの指摘を否定することはできない。

昨日の夜、俺はたしかにミージュを抱きたい衝動に駆られ、必死だった。

「いやー、あせって挿入するのに十四回も失敗した男は、あんたが初めてよ」

「具体的な回数は言わなくていい！　ってか、ミージュだったら魔法を使って俺を動けなくすることもできたんじゃないのか!?」

「わたしも久しぶりにエッチしたかったし。それに、妹の旦那の童貞を処理するのは、義姉の役目でしょ」

「どんな役目だよ！　エルフの姉妹は全員竿姉妹ってことかよぉっ！」

コンコン、と部屋にノックの音が響いた。

「ちょっとライオ、いつまで寝てるの！」

扉のむこう側から、リアーシュの声が聞こえてくる。

ハイエルフ・プリンセスは、だいぶご立腹のようだった。

「うわああ、待て！　待って待って！」

俺はベッドから降りて、自身が脱ぎ捨てたパンツを探す。

どこだ、どこだパンツ！

「はぁ？　どうしてあたしがあたしの部屋に入るのに待たなきゃいけないのよ！」

天衣無縫（てんいむほう）、傲岸不遜（ごうがんふそん）、ナチュラルボーン魔王なリアーシュは、問答無用で扉を開け放つ。

終わった……幸せのほぼ絶頂にあった昨夜から、一晩にしてどん底へと落ちた……。

俺もミージュも全裸体……こんなところを見てしまったら、いくら赤ちゃんの作り方を知らないリアーシュでも傷つく。

「バカっ！　ライオったら、なんで裸なのよ！」

「なに？」

予想していた反応と違う。

部屋の入り口に、リアーシュが尖った耳の先を真っ赤にして立っていた。

裸の俺を見まいと顔を手でおおっているが、薄緑色の瞳は指の隙間から俺の股間部を凝視している……いやん。

ていうか、リアーシュはミージュのことは気にならないのか……？

横目でベッドのほうを確認すると、そこにはミージュの姿がなくなっていた。

透明化の魔法か！

よくよく目をこらせば、ふかふかのベッドが不自然にへこんでいるのだが、リアーシュの注意は完全に俺の股間に向いていた。

助かった……ナイス、ファインプレー。

「も、もしかして、その格好であたしのベッドで寝たの？」

「え？　あ、いや……」

もっとそれ以上のことをしてしまいました……などと正直に白状することなどもちろんできず、言葉に詰まっていると、唐突にやわらかな感触が背中に触れた。

昨晩さんざん弄び（もてあそ）癒やされたその感触を、俺の身体は覚えている。

これは、ミージュの胸だ。

「全裸になってリアーシュのベッドで寝ていると、まるでリアーシュにくるまれているような気分だったよ……って言いなさい」

俺にだけ聞こえる声で、ミージュがささやく。

どうやらこのハイエルフの魔術師は、姿が見えないのをいいことに、妹の目の前で、妹の恋人に全裸で抱きついているらしい……このダークハイエロエルフ！

「どうしたのライオ。そういえばお姉さまは？　なんだか、お姉さまのにおいがするけど」

「ぎぎぎぎぎくぅっ！」

透明化の魔法を使っても、においまで誤魔化せるものではない。

また、森暮らしの長いリアーシュは嗅覚がヒト族の俺よりもずっと敏感だ。マズい、このま
ま近づかれたら、ミージュが透明になって側にいることがバレてしまう。

「なんでそんなに驚くのよ……もしかしてライオ、なにかあたしに、隠しごとしてる？」

リアーシュが訝しげな瞳でにじり寄ってくる。

マズい、このままだと本当にマズい。

俺は頭を回転させて、この場をしのぐ方便をしぼりだす。

「す、ストップ！　それ以上近づいちゃダメだ……」

「え、どうして？」

「それは、その……俺の身体が、クサいからだ」

「そう？　特ににおわないけど——」

「だめだ！　それ以上はダメだ！　実は、朝まで飲んで酔っ払ったミージュに、思いっ切りゲ
ロをぶっかけられてしまったんだ！　裸なのもそのためだ！」

リアーシュは音速もかくやという速さで俺から距離をとった。

「そ、そうだったの……！」

「だからすまない……ちょっとだけ、出立前の時間をくれ……この部屋も、そのままにするわけにはいかないし……」

「わ、わかったわ……ちゃんと掃除しておいてね。テラスから見える庭の青い花が開く頃に、また呼びに来るから」

開花時刻で時間がわかるのか……さすが妖精王の城。

「妹として、お姉さまのこと、謝るわ……あと」

突然、リアーシュが腰に下げていた弓をかまえ、矢を番えて俺に向けた。

アレ？　ヤッパリ、バレテタ……？

オレ、ココデ、シヌ——。

リアーシュが矢を放つ。

矢は俺の左耳のすぐ下を駆けぬけて、開け放たれた窓の外の木の幹に刺さる。

血は一滴も流れていない。代わりに一ミルリにも満たないヒゲが、肩に落ちていた。

「ヒゲ、伸びてるわよ。部屋を出る前に、きちんと剃っておきなさいよね」

リアーシュは愛らしいウインクとともに忠告し、部屋を出ていった。

エルフは不倶戴天の仲であるドワーフ族を連想するため、ヒゲが嫌いなのだ。

相手のヒゲを弓矢で剃るというこの神業……出会って間もない頃はよくやられていたので気をつけていたのだが、気を抜いていた。

死ぬかと思った……！　全身からどっと冷や汗を噴きだしながら俺はへたりこむ。

リアーシュの足音が遠ざかっていくのを見計らって、俺に抱きついていたミージュが透明化の魔法を解いた。

「わたしがあの程度のワインでリバースするわけないでしょ！」

「最初につっこむのがそこ!?」

「なに言ってるの、最初に突っこんできたのはライオのほうでしょ」

「はい、おっしゃるとおりです……」

返す言葉もなかった。

「しかし……リアーシュに、嘘をついてしまった……ああ」

「あれで正解よ。子どもの作り方も知らないリアーシュに子作りのＡＢＣから教えてごらんなさい。ナチュラルボーン魔王が本物の魔王になって、ガチで死人が出るわよ」

すでに一度死んでるミージュが言うと、言葉の重みが違う。

ヴィースのようになって、妖精郷の残りの半分を洪水で呑みこむ姿がリアルに想像できてしまった。昨日そんなようなこと言ってたし……。

「けど、俺はリアーシュの婚約者なわけで、裏切ってしまった以上、殺されたって文句は言えないんじゃないだろうか」

「深刻に考えすぎよ。わたしの場合、行きずりの男とヤるのなんて日常茶飯事よ？」

いや、ハイエロエルフさんを基準にされましても……。

「黙っていましょう。妹の婚約者を婚約当日に食っておいてアレだけど、わたしも二度も死にたくないわ」

「本当にアレだな……」

「あんたも共犯なのよ」

ぐうの音もでなかった。

そうだ、昨日は婚約当日……しかも俺は、格好つけてリアーシュに、家族と故郷を捨てるなと言ってしまった。

その流れでリアーシュの姉であるミージュと関係を持ってしまったなんて……リアーシュでなくても自暴自棄になる。最悪の場合、自分を粗末にしてしまう可能性も……。

「てか、あんたはお酒飲んでなかったわよね。本当にあれだけのことをしておきながら、正気じゃなかったって言うの？」

滝のような汗を流す俺を、ミージュの瞳が見つめる。

「ああ……テラスに出てから、おかしくなったんだ……ミージュに好きって言われた時、心臓に風穴をあけられたような、息苦しい寂しさを感じてた」

昨夜の記憶の糸を手繰りながら、言葉にしていく。

「そうだ……月を見たんだ。そしたら、心臓に蛇が巻きついてるようなイメージが脳裏に浮かんで、苦しくなった」

「月……そういえば昨日は満月だったわね。呪術的トリガーとしてはオーソドックスだけど、ありえない話じゃない」

「呪術的トリガーって……つまり？」

「満月には闇の精霊の力を強める効果があるのよ。時間差で呪いを発動させる時に使ったり、不完全な呪いが満月を見たことで完成してしまうことがあったりするわ。昨夜のライオはらしくなかったと言われたら、そんな気もするわ。なにかの呪いにかかって、我を忘れていた可能性がある。思い当たる節はない？」

ミージュにうながされ、俺はさらに記憶を遡る。

「もしかして、あの火口でヴィースに……！」

俺は、火山での決戦の時のことを話した。

思えば、呪文の途中でリアーシュのヘッドショットが決まってヴィースは死んだのだ。あいつが俺にやろうとしたことは、未遂に終わった。

「昨日の満月が、欠けたパズルのピースの代わりになって、呪いを完全なものにしたのか」

「ない話じゃないわ……呪文を聞いたと言ってたわね。どんなだったか、覚えてる？」

「ええと……聞き取れたのは『ポコペン』と『ダーレガツツイタ』くらいかな」

「ん？　エルフの魔術じゃないわね……ヒト族の魔術っぽいけど……ヴィースはそれに通じて

いたということかしら？」

俺の胸に手を当てながら、ハイエルフの黒魔術師はぶつぶつと独り言をこぼす。

「旧神語を使ってるっぽいけど、複合系？　……たしかに微弱な魔力の波動を感じるわ」

魔術に関しては素人なので、しばらくはミージュに任せることにした。

ほどなくして、診断結果を教えてくれる。

「呪われている可能性が高いわね。どんな呪いかは、わからないけど」

「俺は、なにをすればいいんだ？」

「とにかく呪いの特定が急務よ。今はほとんど呪力を感知できないことから、かなり限定的な条件下で発動すると見ていいわ。昨日の様子からして、完全に理性を欠いているという感じでもなかったし、ライオを不老不死にするクエストをしながら呪いについても調べるしかないんじゃないかしら」

ミージュの提案を、俺は吟味する。

「リアーシュには黙ってるってことだな」

「呪いが特定できるまではね。キューピッドの矢みたいに、エルフの精霊魔法の中にはそういった効果を発揮するものもあったと思うけど……なんであれ、呪いで仕方なく浮気しちゃったんだという男の言葉をすんなり信じる女はいないわ」

「でしょうね……！」

英雄道大原則ひとつ……必ずしも真実を告げることが正義ではない。

取り返しのつかない過ちで、俺はリアーシュとの門出を穢してしまった。

打ち明ければ、リアーシュは傷ついてしまう。

傲慢かもしれないが、つくべき価値がない嘘とは、思わなかった。

リアーシュには、俺以上に幸せになって欲しいのだ……。

「わかった……で、どうやって呪いを特定するんだ？」

「呪いをかけたのがヴィースなら、その身辺を洗うしかないわね。あいつはたしか、叛乱を起こす前は、妖精郷とヒト族との折衝役として、メリオスの王宮に詰めてたはずよ」

メリオスはこの妖精郷の東側に位置するヒト族の国だ。王宮のある都市はここから徒歩で七昼夜ほど。山間部にあるが少し北に行けば海があるので、物資は豊かで人も多い。

「さっき、エルフの魔術じゃなくて、ヒト族の黒魔術かも、とか言ってたよな。ヴィースはこの呪いをメリオスで習得したってことか？」

「その可能性が高いわ。メリオスは近くに人魚がいて、人魚の肉を食べれば不老不死になれるって伝説もあったはずだし、それに絡めてリアーシュを誘導しましょう」

ミージュの立てた策に、俺はうなずくより他はなかった。

でも、人魚の肉を食うのは抵抗があるな……。

シーン4　新たなる旅立ち　～リアーシュの視点～

その日の昼、あたしたちは妖精郷のみんなに見送られながら出発した。

空は抜けるような青さで、心地のいい風が吹いている。

陽の光を受けて木々の葉や花々はキラキラと輝き、鳥たちの歌声もいつになく元気だ。

どやぁ！　あたしとライオの婚姻は、間違いなく世界中に祝福されている！

「さぁ、ライオをハイエルフと同じくらいの不老不死にする摩訶不思議なアドベンチャーのはじまりね！　まず目指すはメリオスの王都で、人魚を食べるわよ！」

あたしは軽やかな足取りで先頭に立って、二人を急かした。

けど……あれ？　ライオがとってもダークなオーラをまとってるわ。どうしたのかしら？

「ライオ、そんなにお姉さまにゲロを吐きかけられたのがいやだったの？」

「え、や、その……」

あたしが隣に並んで覗きこむと、ライオは歯切れ悪く視線をそらした。

「言いたいことがあるなら、はっきり言いなさいよ。あたしたち婚約したんだから、これからはなんでも包み隠さず、助け合っていかなきゃダメでしょ」

偽らざる本心を告げる。

するとライオは、視線を明後日の方へやったまま、堰を切ったように言葉を紡いだ。

「い、いや、そうじゃない、隠しごととかじゃないんだ！　えっと……今朝もリアーシュが、すごいかわいくて、素敵で、本当にこんな子が俺の婚約者になったのかなって、まるで、夢でも見てるんじゃないかな、とかガラにもなく……」

顔を赤くしてしどろもどろになって答えるライオに、あたしは思わず笑った。

「本当にガラにもないわね。あたしがライオの隣にいるのは、夢なんかじゃない……決して消えたりなんかしないから、安心して♪」

最強にして完全無欠のあたしが側にいることを、実感して欲しい。

そんな想いでライオの腕に抱きついて、ネコが甘えるみたいに頭を胸に擦りつけた。

ん……？　あれ……？

今、ライオの身体から、またお姉さまのにおいがしたような……？

「はぁ……あんたら、わたしも隣にいるんだから、ちょっとくらいは自重しなさい」

胸焼けしたような顔でお姉さまが注意してくる。

「無理よ♪　だって、あたしとライオは昨日婚約したばっかりなんだもの」

なにはともあれ、あたし今、とっても幸せ。

第二話　野営の夜、腹黒商人、黒い絨毯

シーン1　呪いの条件1

「本当にもう、我慢できないの？」

洞窟に反響するミージュの声が、鼓膜を揺さぶる。

俺の額には大粒の汗が浮かび、身体は指先を動かすのも億劫なほど脱力していた。

頭は痺れ、意識も靄がかかったように遠い。

命の危機だと全身が訴えている。

にもかかわらず、胸は孤独に酔い泣き、俺はミージュの肉体を求める。

頭が変になっている。今ここで彼女を抱かねば、死んでしまう。

「そんな泣きそうな目で見ないでよ……しょうがないわね、リアーシュが戻ってくる前に、手早くすませるわよ」

はちきれんばかりに張ったズボンとパンツを下ろして、ミージュは反り返った俺の分身の上にまたがる。

洞窟の闇の中、焚き火の明かりが照らしだすメリハリのきいた褐色の肢体は、美術品めいた

美しさで俺を受け入れた。

「ん、あぁん、くぅっ……入った、ぁ……ンッ」

内側はすでに充分なほどに濡れていて、襞をかき分けて奥へと突き進んでいく。

温かく包みこまれ、俺は身体の芯から蕩けていくような快楽と幸福感を味わう。

「死にそうだってのに、こんなガチガチにして……はぁ、ンッ、早くしないとダメなのに……奥まで届いて、はぁ、や、あんっ……いいっ……」

俺は上体を起こして、盛り上がっているミージュの胸に顔を埋める。

ハイエルフの黒魔術師は優しく受けとめ、抱きしめてくれた。

「はぁ、甘えんぼぅ……いいわよ。全部わたしに任せて、早くイクことだけ考えなさい……ペースを上げるから、ぁ……ああ、ひゃ、あん、ふぁっ……！」

獲物を呑みこむ蛇を彷彿とさせる、腰の神技。

俺の欲望は見事に引き出されて、自然と彼女を突きあげる動きを早めてしまう。

「ミージュ……ミージュっ……！」

「や、そんな激しくしたら、声が出ちゃ……っ！　外のリアーシュまで、ひゃぁっ、聞こえちゃうから……んんっ、ちゅ、うん……はぁ、うあ、あんっ……ちゅ……あむぅ」

理性を欠いておきながら、リアーシュにバレることをマズいと思う心は働いていた。かん高い嬌声を発するミージュの唇をキスで塞いで、さらに交わりを激しくする。

早く、早く……！　リアーシュが、来る前に、ミージュを……！

俺はミージュにぎゅうっと抱きすくめられながら、精を放出した。

「あぁ、ぐぅっ……！」

なにかが尻から背をとおって頭の上へと抜けていく。

忘我の境地に至った俺を、ミージュはその豊満な二つのふくらみで包みこみながら、あやすようになでてくれる。

「ふふ、えらいえらい。いっぱい出せたわね……」

まるで子どもをあやすような扱いを受けているのに、それがどうしようもなく心地よく、俺は癒やされてしまっていた。

母親に抱きしめられる安堵感というのは、こういうものなのだろうか……？

「お義姉ちゃん……」と、思わずこぼれかけた言葉を、ギリギリのところでとどめる。

俺は、どうしようもないヤツだ……家族と呼べるものがおらず、愛に飢えているからって、それを婚約者の姉で発散しようとしてしまうなんて……。

ミージュはゆっくりと腰を上げ、股間から垂れる白い液体を指ですくい、舐める。

「はぁ、すごい量ねぇ……わたしもちょっと、ぼーっとしちゃうわ……」

そして、俺の足の間にかがみこむと、今さっきまで彼女の中に入っていたそれをくわえた。

「あ、うっ……ちょっ」

温かな感触に腰が引けるが、逃すまいと彼女は吸いつく。

「あむぅ……こんな強烈なにおい、ちゃんと拭っておかなきゃリアーシュにバレるわよ」

「や、でも……」

「射精すると冷静になるのねぇ……まぁ呪いでなくても普通はそうか」

ミージュの舌によって根元から先端の穴の内側まで、しっかりとキレイにされる。

冷静になっているのだろうか？

泥濘に首まで浸かっているような気怠い気持ちよさは、冷静さとはほど遠いと思う。

「どうして、こんなことに……」

「どうしてって、覚えてない？」

「いや、覚えてる」

記憶は、かなり明瞭としている。

王都への近道となる山道の途上で、俺たちは手分けして今晩の野宿の準備をしていた。

焚き火に使える枯れ枝を探していた俺は、不意に交尾をしているゴールデンカブトムシを発見してしまい、それに気をとられている隙に足首を毒蛇にかまれてしまったのだ。

俺はハイエルフ姉妹に今晩野宿する予定だった洞窟に運びこまれ、絶対安静を言い渡されるも、傷口に躊躇なく唇を当てて毒を吸いだしてくれるミージュの姿を見て、あの夜と同じ呪いの発作を起こしてしまった。

さらに数多の精霊を従えるリアーシュが、その導きで毒に効く薬草を採ってくると飛びだしていくと、いよいよ俺の獣欲を抑えるものはなくなった。

「そして、ミージュさんの抱擁力とテクニックによって、煩悩という名の毒も搾りとられてしまいましたとさ……ちゃんちゃん」

「いや、ちゃんちゃんではなく……動けない……！」

「セックスのせいで、吸い出しきれなかった毒が回っちゃったわねぇ。ま、あんたなら死にはしないでしょ。リアーシュが解毒の薬草を持ってきてくれるまで我慢しなさい」

パンツをはいたミージュが、俺の傍らに腰を下ろして、からかうように額を小突く。

汗ばんだ褐色の太ももが顔のすぐ横で焚き火に照らされて、俺の心臓はいまだに激しく脈打っている。もう少しその、隠してくれないだろうか……。

「けど、ひとたび呪いが発動すると、命の危機も関係なくなるのねぇ」

「……なにか、わかったか？」

今夜で、妖精郷を発ってから、五日目の夜だ。

宴の夜のあやまちを一回目とカウントして、今のでミージュと交わった回数は六回に及ぶ。

基本的に呪いの発動条件を調べるという目的でしており、当然リアーシュの目を盗んでの淫行であった。

「ひとつ確実に言えるのは、時間帯ね。これまで呪いの発作が起きたのは、すべて夕方から明け方のあいだに集中してるわ。きっと陽が出ている時間は呪いの効果が打ち消されているのよ。呪術としてはオーソドックスな闇の精霊の加護を受けたものだと推測できるわ。それと、発作の前に月は見た？」

　俺は首を左右に振る。今日は曇っていて、月明かりを浴びてすらいない。

「これまでにも、月を見ていないのに発作が起きたことはあった。満月は呪いを完成させる最後のピースになっただけで、発情の発作を引き起こす条件ではないってことね」

　満月は一度見ただけで充分で、月の出ていない夜にも発作は起きうる、ということだ。

「どうすればいい？」

「闇の精霊の魔力を封じる結界の中にいれば発作は防げるかもしれないけど、現実的ではないわね。今は呪いが悪化する兆候も見られないから、ひとまずは現状維持としておきましょう。やってることはしょせん性交渉よ」

「しょせん性交渉って、リアーシュを裏切ってるじゃないか……あた、あたたた……」

　キリキリキリ……と鉄と鉄をこすり合わせるような胃の痛みがやってくる。

　ミージュとの事後、快楽の波が退いていくと、必ずこの痛みに襲われていた。

「あんま気にしないことね。あのクソオヤジだって愛人を抱えてるんだし」

「え、シューランさんも？」

　あのサールさんの《コカトリスウイング・ハイエルフフェイスロック》を目の当たりにしたあ

とだと、命知らずだな、という感想しか出てこない。

「もともとエルフは子どもができづらいからね。寿命が長いからヒト族に比べれば危機感は薄いけど、王族の後継者不足は、常に問題なのよ」

「そうだったのか……」

「だから、さんざん中出ししてくれたけど赤ちゃんはできてないハズだから安心しなさい」

「ゲハァッ！」

リアーシュを裏切っている現実に引き戻されて、俺は吐血した。

「あら、ちゃんと子作りしたかった？　だったら次はそういう体位でしましょうか？」

「ちょっと楽しんでるだろ……」

つっこむと、ミージュはいたずらっぽい笑みを浮かべるだけで、なにも言わなかった。

俺たちが服を直し終えた頃、リアーシュが薬草を持って戻ってきた。

額に玉の汗を浮かべて、俺のために必死で集めてきてくれたのだろう……心が痛い。

「ちょ、ライオの顔色悪くなってない!?　ちゃんと安静にしてたの？」

「おもに下半身が、なかなか安静にならなかったのよ」

「足を噛まれたのにどうして下半身を安静にしないのよっ」

「どうしてかしらねぇ」

「もぅ頑丈だけが取り柄だからって、不老不死になるクエストの最中で命を落としたんじゃ、笑えないわよ」

リアーシュは頬をふくらませながら、手に入れてきた薬草をすりつぶしてペースト状にし、清潔な綿布に延ばして俺の傷口に貼った。

料理は苦手だが、薬作りは訓練したそうで惚れ惚れするような手際のよさである。

ズキズキと赤く腫れあがっていた患部から、すっと痛みが引いていく。

「鎮痛剤代わりのヤショの実も採ってきたから、舐めておきなさい」

「あれ、ムチャクチャ苦いんだよな……」

子どもみたいな言い分だが、本当に、舌がねじれてしまいそうなほど苦いのである。

「そう言うと思って、メルゥの実も採ってきたわよ。ちょっと待っててね殻を剥くから」

メルゥの実はヤショの実とは反対にとても甘く、二つ同時に口に入れるとちょうどいい塩梅になる。しかし、メルゥの実は異様に硬い殻に覆われていて、剥くのがとても面倒なのだった。

リアーシュは白い指先を真っ赤にしながらメルゥの実の殻を剥いていく。

鎮痛剤の苦みを和らげる甘味など、傷を治すのにはなんの関係もない。

リアーシュの思いやりに、俺は涙が出そうだった。

「ありがとう、リアーシュ……」

「これに懲りたら、もう蛇に噛まれるなんてドジは踏まないでよね。ほら、あーん」

リアーシュは俺の隣に腰を下ろし、二つの実を食べさせてから、手を握ってくれた。

「ほかに、なんかして欲しいことある？」

「いや、これ以上甘えるわけには……」

「だから、遠慮しない。もうあたしたちは婚約したんだから、ライオはこのリアーシュさまを、もっと頼りなさい」

元気よくあどけない声を洞窟に反響させると、リアーシュは俺が枕代わりにしていた胸当ての鎧を奪い取り、代わりに彼女の膝を差しだしてきた。要するに、膝枕である。

「鎧が枕代わりじゃ辛いでしょ。ライオが寝るまでは、こうしててあげるっ」

後頭部に感じる柔らかな感触に、俺の胸は想像していた以上にときめいていた。

「膝枕なんてしてもらったの、初めてかもしれない」

「そうなの？」

「俺……小さい頃に両親に捨てられて、家族とか、いなかったから……」

「だったらあたしがなってあげるわよ。ライオのお母さんにも、お姉さんにも」

リアーシュはいつもの自信に満ちあふれた笑顔を見せて、俺の頭をなでた。

多幸感に満たされながらもチクリと胸が痛むのは、今しがたミージュのことを「お義姉ちゃん」と呼びかけてしまったからだ。

この笑顔を裏切っているのだと思うと、さらに胸は締めつけられる。

一刻も早く、こんな呪いは解いてやるからな……俺は、リアーシュ一筋なのだ……。

「ん？　ライオ、なんかお姉さまのにおいがする？」

リアーシュが俺の顔に鼻を近づけて、尋ねてくる。

「そ、そうか？　同じ洞窟にいたからじゃないかな……！」

焚き火の炎が爆ぜる。俺の胃はまたキリキリと痛むのだった。

シーン2　行商人の少女

翌朝、俺は回復して、再びメリオスの王都へ向けて出発した。

太陽が南中する頃には、緑に覆われた山林を抜けて、隊商（キャラバン）なども利用するやや広めの山道に出る。

「この道沿いに二日も行けば、王都だな」

「途中に宿場町もあるでしょうし今晩は野宿しないですみそうねぇ。早くあったかいお風呂に入りたいわ」

「風呂があるようなデカい宿はないかもしれないぞ」

「宿になくても、宿場町なら共同の公衆浴場くらいはあるでしょ」

俺が「それならたしかに」と同意すると、リアーシュが大げさに肩をすくめる。

「あーやだやだ、お姉さまってばヒト族の文明にかぶれちゃって！　太古からの暮らしを守るのがハイエルフの役目でしょ。水浴びで我慢しなさいよっ」

「あれ、リアーシュって、風呂が苦手だっけ？」

「お風呂が苦手なんじゃなくって、公衆浴場が苦手なのよ」

ミージュに教えられて、俺は納得した。

リアーシュは自尊心が高い一方で、自身の巨乳にコンプレックスがあり、男女の区別なく、裸を見られるのを嫌っている。

「うるさいうるさい！　お姉さまこそ、よくもそんな駄肉のウシ乳を人前にさらして平気でいられるわよねっ」

「わたしは別に、わたしの胸きらいじゃないしぃ」

ミージュは、豊満な二つのふくらみを、自慢げにどたぷんと揺らす。

「大体、あんたの『ハイエルフの胸はひかえめであるべし』って思想が、一昔前のエルフのイメージなのよ。きょーびヒゲを剃るドワーフやネトラレ趣味のユニコーンもいる時代よ」

「ネトラレ趣味のユニコーンはイヤだな……」

「あいつらすべての処女は自分の女だと思ってるからね。森で処女貫通して視線を感じたら、そこにいると思って間違いないわよ。中には目の前に現れて、角の力で処女膜を再生するからもう一回やってみせてくれとか言いだすヤツもいるくらい」

ろくでもねぇ……！

そして、森で処女貫通する女性なんてこの世に何人いるんだと疑問を抱いたら、えらく具体的な事例であることに気づいたが、深く追及したら間違いなく藪蛇（この場合、藪に潜んでいたのはユニコーンかもしれないが）なので、黙っておくことにする。

俺たちがそのまま山道を行くと、上のほうから助けを求める声がした。

「あのっ、助けてください！　この先で馬車が脱輪してしまったんです。引き上げるのを手伝っていただけませんか!?」

声の主を見ると、水色の髪を左右に結わえ、赤い頭巾をかぶった小柄な少女である。

胸元の開いたあざとさを感じさせる白のブラウスに、女の子らしさを感じさせるリボンのついた赤のケープとコルセット。やはり同じく赤いスカートの上には、花か雪の結晶を刺繍したエプロンをかけていた。

あの顔と、赤い頭巾は……！

「もしかしなくても、セリンか？」

「そういうあなたは……え、ライオさん!?　ライオさんですか？」

小柄な少女は目を丸くしながら山道を駆けおりてきて、いきなり俺に抱きついてきた。

「ふぅわぁ、本当に、本当にライオさんです！　無事だったんですか!?　なんで生きているんですか？　すごい、すごいですっ！」

「ちょちょちょちょちょちょちょい！　ちょいいいいいいいいいいいいっ！」

リアーシュは驚きのあまり奇声を発して、俺に抱きつくセリンを引き剥がした。

「な、なななななな、なによなんなのよこの女ァッ！」

「もしかしてライオの昔の彼女とか？」

「か、クァノジョォッ⁉」

ミージュの含みのある推測に、リアーシュの悲鳴が彼方まで木霊する。

「こ、こここここここここ殺すしかないわっ！」

「待て、お、落ち着け……！　弓を下ろしてくれ」

「他に女がいるなんてなったら、ライオを殺してあたしも死ぬしかないじゃないっ！」

その発言は笑えなさすぎて、キリキリキリキリ……と胃が痛みだす。

横目でちらりと盗み見ると、ミージュも他人事ではない顔になっていた。

「違うって……勘違いだよ。こいつは行商人のセリン。俺が所属していた傭兵団の贔屓でな。剣とか鎧の他に、食料とか薬とかその他もろもろ、用立ててくれてたんだ」

「その節はお世話になりました」

わけがわからないだろうが、そつのない商人であるセリンは、冷静にお辞儀をする。

「一年半ぶりぐらいだな。元気にしてたか？」

「はい。それよりライオさんこそ、よくご無事で……邪竜討伐の任務でギルガ団は全滅したっ

て聞いて、てっきりあなたも亡くなったものとばかり……とっても心配したんですよ！」

ギルガ団は、俺が所属していた傭兵団の名前だ。ギルガ団長の名前に由来する。

「心配かけて悪かった。生き残ったのは俺だけで、いろいろあってな……と、積もる話はあとだ。それよりも、馬車が脱輪したんだって？」

「ああ、そうです！　この先、細い崖道で、カーブで油断してしまいまして！」

セリンの言葉どおり、山頂に近づくに従って、道は険しい崖路となっていた。

英雄道大原則ひとつ、困っている人を見て見ぬふりしてはいけない。

「そりゃ一大事だな。引き上げるの、手伝おう」

「本当ですか、ありがとうございます！　こっちです」

タタタっと、セリンが駆けていく。

その背中を見ながら、リアーシュがドスのきいた声で俺に詰問する。

「ライオ……あの子、なんなの？」

「いや、だから、話したとおり、単に昔なじみってだけだって」

「昔なじみ……へー、ふーん、昔なじみ……お姉さまどう思う？」

「ライオの初体験の相手と見たわ」

いや、それはおまえだよ⁉

「初体験……子作りってこと⁉　死ぬの？」

「死なないから！　ミージュが適当に言っただけだから！　勘違いするなって！」

ぶんぶんとツインテールを荒ぶらせるリアーシュを、俺は必死に説き伏せた。

「ああ、うん、そうよね……あたしったら、取り乱して……ごめん」

「いや、わかってくれればいいんだ……」

滝汗で背中がヤバいことになっている。俺も一刻も早く風呂に入りたい。

「あとにも先にも、ライオがあたしを裏切るようなことするはずないって、信じてるわ！」

「お、おう、もももももももももちもちもちモチロンだとも……！」

間違っておろし金を呑みこんでしまったかのごとく、胃がギリギリと痛んだ。

もしも裏切ったらどうなるのか、答えはもう示された――すなわち、死ぬしかない。

「ライオさんたち、どうかしましたか？」

セリンに早く来るよう催促され、俺たちは走った。

事前に彼女が説明していたとおり、幌馬車の右側の車輪が崖で脱輪して傾いている。

馬車に繋がれた馬は、身体から塩をふくほどに疲弊していた。

「かわいそうに……低俗なヒト族に奴隷のように扱われて、あんたも災難ね」

動物たちを愛するハイエルフとして、リアーシュは真っ先に馬の身を案じる。

腰に下げた革袋から水を手の平の器に入れて飲ませると、馬は小さく嘶いてリアーシュの頬を舐めた。ハイエルフ・プリンセスへの、感謝の表現だろう。

「あの並外れた美貌と特徴的な耳、そしてヒト族に対しての侮蔑を隠そうとしない言動……もしかしなくても、ライオさんのお連れの方ってエルフなんですか？」

セリンが、俺にこっそり聞いてきた。

「エルフどころか、その上位種族にあたるハイエルフだよ」

「ひぇっ！　ハイエルフ!?」

行商人の少女は、口を手でおおって驚愕する。

俺はすっかりハイエルフに慣れてしまったが、これが一般的なヒト族の反応だ。

悠久の時を生き、誰もが整った容貌をしているエルフ族は、ヒト族の憧れの的なのである。

その上位種であるハイエルフとなれば尚更だ。

「あとで紹介するよ。先に馬車を道に戻さないとな」

俺は荷台の底に手をかけて踏ん張り、幌馬車を持ちあげる。

再びセリンが目を剥いた。

「はぁっ!?　荷物満載の荷台をなんで一人で軽々と持ちあげてるんですか！」

「いや、そんな軽々と持ちあげちゃいないぞ。それに片側だけだし」

リアーシュが馬を誘導し、幌馬車は無事に崖路に戻ることができた。

「いや、片側だけでもまともな人間の芸当じゃないですよ！」

「まぁ、邪竜討伐のためにいろいろ修行して強くなったからな」

これは恥ずかしいのであまり明言はしていないが、もうひとつ、水の精霊と契約し弓の名手であるリアーシュに釣り合える男になりたいという動機もあった。

「パワーインフレしすぎですよ！　最後にあった時は、まだギルガ団の幹部にもなれない一兵卒でしたのに！」

「たぶん、今のライオは全ヒト族の中で三番目くらいに強いわよ」

「三番目は言いすぎよ。身体は頑丈でパワーもあるけど、魔術的な方面に弱いし」

弱点をあげつつもリアーシュが妙に得意げなのは、セリンが知らないうちに俺が強くなっていたという事実が嬉しいからだろう。

「ゆくゆくは無敵にして老いるどころか死ぬこともない、あらゆる生物の能力を兼ね備え、さらにそれを上まわる地上最強の究極生命体（アルティメット・シイング）になるけどね。どやぁ！」

「どや」られましても、最終的に「考えるのをやめる」しかなさそうな生物は嫌だなぁ……。

「はぇー……ライオさんは、一体何者になってしまったんですか？」

「いまは英雄兼、ハイエルフ・プリンセスの婚約者ってところね」

「ハイエルフ・プリンセス!?」

「紹介がまだだったな。こっちが妖精王シューランさんの娘にしてハイエルフ・プリンセスのリアーシュ。で、そっちがその姉のミージュ」

「ハイエルフのうえにプリンセスなんて、やんごとなき天上人ではないですか！　そんな御方が、ライオさんの婚約者だなんて！」

「紛れもない事実よ。さぁ、このリアーシュさまを讃えなさいっ」

「ははーっ！」

権力者におもねる行商人は、その場で即座にひれ伏した。

「時にリアーシュさま、旅の途中でなにか困っていることはありませんか？　立派な弓をお持ちのようですが、矢のストックは大丈夫でしょうか？　お安くしますよ！」

「まぁ、ライオがお世話になったなら、贔屓にしてあげなくもないわね。とりあえず千本買ってあげるわ！」

「ありがとうございましゅう〜〜っ！」

いや、千本も買ったら旅するのに邪魔だろ……。

セリンもさすがに千本は持っていなかったようで、百本で手を打ってもらうことにした。

「相変わらず、商売上手なヤツだな……」

ヴィース討伐の功労として妖精郷から多額の報奨金を与えられた今、金に余裕があるからいいんだけど。

「いえいえ、どういたしまして。そうだ、ライオさんにも幌馬車を戻していただいたお礼をしなければなりませんね」

セリンは、幌馬車からひと抱えもある大きな木箱を持ってくる。

木箱を開けると、手のひら大の瓜のような形をした実が並んでいた。

「これは……！」

「はい、ライオさんが以前ご愛用されていたティングァの実です！　しかも王室ご用達のプレミアム版、プレミアムティングァですよ！」

「なにこれ……？　ハイエルフのこのあたしが初めて見る植物なんて……！　ちょっとヘチマに似てるけど、果肉は瑞々しくぷにぷにしてる……」

森の霊長たるリアーシュは、ヒト族の煩悩と欲望が異種配合を繰り返して生みだした悪魔の実に興味を示す。

「ご存じ無いのですか？　こちらはですね、中の種を取りだして、その柔らかい果肉の中に男性器を突っこみ『こーるみーばいゆあねーむ』と呪文を唱えながら――」

「ストォウップ！」

俺は高速でセリンの口を塞ぎ、彼女にだけ聞こえる声で問う。

「おまえ、リアーシュが俺の婚約者だって理解したんだよな？」

「え、エッグのほうがよかったですか？」

「ありゃ携帯用だ。悪くはないけど本家には――ってそうじゃねぇ！」

「婚約者であればこそ、お互いの性癖について深く理解しておくべきですよ」

「よけいなお世話だ！」

俺は怒鳴りつけて、セリンにティングァの実をしまわせた。

「え、なに、何なの？　あたし、あの実についてもっと知りたかったんだけど」

「詮索しないでくれ……頼むから」

リアーシュからの訴えを退ける俺に、ミージュが横でぼそりとつぶやく。

「リアーシュに捧げる予定だった童貞は、すでにオモチャに捧げられていた疑惑について」

「植物はノーカンッ！」

しょうがなかったのだ……魔物の出現が少なくて稼ぎのない時、ギルガ団では戦闘のストレスをあの悪魔の実で癒やすのは日常の風景だった。そんな環境下で多感な時期を過ごした俺が、同様に世話にならないでいられようか、いやない。

ちなみに、みんながあのシコシコの実を動かす時に最も呼ばれていた名前が、売りつけに来たセリンであったことは、本人に言わないでおく。

あの頃、うちの傭兵団にいた誰もが、一見して素朴な少女でありながら、商人としてたくましく生きるセリンに恋をしていた。

おそらく、俺も含めて……。

「では、ライオさまへのお礼の報酬はあとで金貨でお支払いさせて頂きますね」

「べつにいいって……それと『さま』はよしてくれ。こっちだってセリンには世話になったんだし、これまでどおりいこう」

「ライオさん……わかりました」

セリンと笑顔をかわすと、あいだにリアーシュが割りこんでくる。

「ねぇ、ライオ見て！　あそこの大きな岩、まるで人みたいよ」

リアーシュの指さす先を見ると、たしかに十メトルほどもある巨大な人型の岩があった。

「巨人岩ですね。あんなのが国のいろんなところにあるので、メリオスは神話の時代に巨人が棲んでいた地域といわれています。どうして石になったのかは、わかりませんが」

「むぅ……そんなことくらい、あなたに教えてもらわなくても、知ってるわよ」

「それは、申し訳ありません」

むくれるリアーシュを、セリンは職業的な笑顔で受け流した。

「で、セリンはこれからどこに向かう予定なんだ？」

「この山の麓（ふもと）にあります、ハスキンの村に商談にいくところです。ちょうどあの巨人岩のつま先の先にある……あれ？」

行商人の少女が首を傾げた。

俺たちは彼女が指さす先を見つめる。

そこにはきっと、木々に囲まれた五十戸くらいの小さな集落があるはずだった。

しかし、黒い。

その一帯を黒いなにかが、覆い尽くしている。

まるで緑の木々の上に、黒い絨毯を敷いたみたいな……。

「な、なんですか、あの、黒いの……？」

「なにかの集合体よ……黒い生き物が、群れをなして集まってるんだわ」

「森が、泣いてるわ」

リアーシュが震える声で告げた瞬間、眼下に広がる森から、鳥たちが一斉に空へと羽ばたいていった。

「と、とにかく、村のほうにいってみるぞ！」

俺たちは急いで山を下りて、ハスキンの村を目指した。

シーン３　黒い絨毯

「ここか……！」

日暮れ近くになって俺たちは村に到着し、荒れ果てた村を目の当たりにした。

「ひどいですね……一体何に襲われたら、こんな風になるんでしょうか？」

セリンが首を傾げる。

村は、まるで洪水にあったようだった。家という家が、すべてなぎ倒されている。ヴィースの邪竜に襲撃された村だって、ここまで徹底的に破壊されてはいなかった。

「痛っ！　なんか首筋に……」

俺は、不意に痛みを覚えて、首筋に手を伸ばす。

指先に捕らえたのは、小さな黒い虫だった。

「これは、アリ……？　もしかして」

「お姉さま、さっきあの黒い塊を見て、生き物が群れをなしているとか言ってたわよね」

「そんな感じに見えたから言ったけど、まさか正体がアリだったなんて……」

「そんなのアリかよっ」

「「「はあ!?」」」

反射的に口にすると、女性陣三人に、ものすごい形相で睨まれた。

「す、すみません……つい……」

タイミングというか、流れ的にどうしてもこう……抗えず……。

「もしかして、セリンちゃんかい？」

村の奥のほうから、女性のしわがれた声がする。

顔を上げると、杖を突いた初老の女性を中心として、何人かの人影があった。

人見知りなリアーシュは、胸当ての位置を気にしながら、俺の後ろに隠れる。

「村長さん、どうしたんですか？」

セリンが彼女らのもとへと駆けていった。

「どうしたもこうしたも……アリの大群が、すべて持っていってしまったの……」

弱りきった顔で、ハスキンの村長は語った。

「家をなぎ倒して、農作物や家畜は根こそぎ……それと、村の男衆も残らず」

言われてみると、村長の周りにいるのは、みんな女性だった。

「そういえば、妖精郷の言い伝えで聞いたことがあるわ……モンスターアントの女王が目覚める時、黒き絨毯が木々や建築物をなぎ倒し、男たちを連れ去っていくって」

「その黒き絨毯が、アリの群れなのか……連れ去られた男の人はどうなるんだ？」

「女王アリの産卵に必要な精力を抜かれるって言われているわねぇ」

ミージュの言葉に、村の女性たちの顔が曇った。

「モンスターアントって、おっきなアリの魔物ですよね……デカいのもいたんですか？」

セリンの問いかけに村長さんは首を左右に振る。

「とにかく、アリを追ってみましょ。明らかに普通じゃないし、精力を抜くっていうなら、村の男の人たちは無事かもしれないわ」

「それはアリだな！」

「「「ああんっ！！」」」

その場にいた全員が声を荒らげて、怒りの形相を向けてくる。

「次それ言ったら、あたしと同じくらいになるまで、耳を引っ張るからね！」

さらにリアーシュは、念を押すように言って、俺の耳を引っ張った。

「痛い痛い痛い、もう引っ張ってるじゃん！」

喚けど誰も助け船を出してくれるはずもなく、ミージュがせき払いで話を戻す。

「んんっ……とにかく、村の男の人たちが連れていかれたアリ塚の入り口を探さないとね」

「それならわたしにいい考えがあります！」

セリンは幌馬車から、ひと抱えもある大きな袋を持ってきた。

「それは？」

「お砂糖です！　これをエサにしておびき寄せればいいのです！」

「そんなに上手くいくかしら……」

「しょせん相手はアリだし、やってみる価値はアリそうね！」

自信満々に言い放ったリアーシュに対して、周囲は冷ややかな目をした。

「え、なにこの空気……ハッ！　ち、違うわ！　今のは不可抗力よ。言葉狩りだわ！」

「……なんていうか、似た者カップルってことよね」

「た、たしかにあたしとライオは今世紀最大のお似合いベストカップルだけど、この流れでその評価はあたしの名誉にかかわるわ！」

リアーシュが顔を真っ赤にして否定するも、周りは深々とため息をつくだけだった。

「ふぇぇ……ライオー、なぐさめてー」

「よしよし、俺の胸で泣きたいだけ泣くがいい……あ、これさっきの仕返しな」

「耳ーーーッ！」

「この期に及んで緊張感の『き』の字もありませんね……」

イチャつく俺たちを見て、セリンが嘆息する。

「セリンちゃん、本当にこの人たちに任せて大丈夫なの？」

村長さんもぶっちゃけてしまった。

「ご安心ください！　こちらにおわすは邪竜を討伐せし英雄ライオとハイエルフ・プリンセスのリアーシュ、その姉のミージュ！　すっとぼけた方々ですが、実力は本物です！」

俺はともかく、会って間もないリアーシュとミージュをよくもまぁ自信満々に売りこめるもんだな……さすがやり手の行商人。

「エルフ⁉　言われてみれば二人とも耳が長いわね！」

「生きているうちにハイエルフを拝めるなんて……ありがたやありがたや」

「お姉ちゃんのほうは肌が黒いのねぇ」

セリンの紹介に村のご婦人方がざわめく。英雄としてハイエルフの姉妹にばかり注目が集まるのはいささか不本意だが、メリオスのエルフ崇拝の根強さを考えれば仕方がない。

俺たちは村の男衆の救出を託され、早速、砂糖を使ったアリをおびき寄せる作戦を実行することとなった。

セリンが砂糖の袋を目立つ場所に置き、村の人たちには避難してもらう。

そして、夕暮れの空が赤から紺色へ変わる頃、黒い影が再びハスキンの村に現れた。

「来た……無数のアリだわ……って、うわぁ、き、キモっ！」

「くっついてやがる」

廃墟の陰に隠れながら、リアーシュと俺は口を揃えて悲鳴を上げる。

それもそのはず、小さな無数のアリは、砂糖の袋の前でひとつとなり、全長にして一メトルもある巨大なアリに合体したからだった。

「あ、あれがモンスターアントの正体だったのねぇ……まるでスライムだわ」

モンスターアントは袋の中身を確認した後、それを巨大な顎の上に載せると、意外なほど俊敏な足さばきで来た道を戻りだした。

「よし、あとを追うぞ」

「あたし、あれがたくさんいる中に入りたくないかも……」

「ワガママ言ってる場合か！」

渋るリアーシュの腕を掴んで、モンスターアントの追跡を開始する。

作戦は上手くいった。

村の外れの岩場に巣穴の入り口を発見して、俺たちはその中に足を踏み入れる。

中の空気は冷たく湿っていて、土とギ酸の混ざり合ったにおいに満たされていた。

「アリがでかいおかげで、わたしたちでも問題なく入れるわね……こりゃ天然の大迷宮だわ」

「セリンはひとまず、村のほうに戻っててもいいぞ」

「いえ、行きます！　ライオさんはご存じですよね、わたしがこういうのに慣れてること」

セリンは背のうを背負い、その手に鋼鉄のグローブを嵌めて臨戦態勢に入っていた。

「ご存じなの？」とリアーシュがつまらなそうに聞いてくる。

「セリンがその気になったら、そこらへんの冒険者にも負けないことは知ってる」

「戦えるなら、お言葉に甘えましょうか。大きい巣穴だけど、リアーシュの弓が役に立ちそうなほど広くはないし、その子の抜け目なさは使えそうだわ」

ミージュの見立てに、俺も賛同することにした。

「たしかに、相手が数で来ることは容易に想像できるし、弓矢で戦うのは厳しそうだな」

「みんなの言い分はもっともだけど、あたしはもちろん弓で戦うわよ」

リアーシュはせまい通路の中で、自信満々に強弓をかかげた。

「なぜならば、それはあたしがハイエルフだからっ！　どやぁ！」

「そんな得意になって言うことでもないような……」

「強者としてのこだわりよ！　持つべき者として生まれたからには、なりふりかまったらダメなの。強者は鍛えない、『生(き)のまま』でなくっちゃ……ッッ！」

邪竜を倒す時『勝てばよかろうなのよ』とか言ってたのはどの口だ……。

俺たちはミージュの照明魔法（ルミナス）とセリンが持ってきたランプの明かりを頼りにモンスターアントの巣穴の奥へと進んでいく。

生き物に詳しいリアーシュ曰く、アリは目が弱くにおいで獲物を探すので、照明魔法を使っても必要以上に敵を集めることはないとのことだった。

「セリンの作戦はなかなかに妙案だったわね。入り組んだ分かれ道でも、袋からこぼれた砂糖の粒が道標になってくれてるわ」

「待て、ここで砂糖がなくなってるぞ」

「あそこにいるアリたちが食べちゃったみたいね」

リアーシュが通路の奥を照らすと、床を丹念に探るモンスターアントを確認できた。

「ひぇ、もう大っきくなってます……！」

相手もこちらに気づき、触角をひくつかせる。本当に目は弱いみたいだ。

「バレちゃったら、攻撃するしかないわね」

ミージュが前に出て、腰の細剣を抜いた。魔術師でありながら剣技の腕も冴える彼女は、剣先に魔力をこめて、魔法の刃を放つことができる。

宙空を駆ける漆黒の刃は、十歩以上離れたモンスターアントの頭を両断した。

「まだ後ろからぞくぞく来るわね」

子はなかった。

「面倒だけど、害虫駆除といくしかなさそうだな」

俺は長剣を下段にかまえて、迫ってくるモンスターアントの頭へ突き立てた。

リアーシュは身の丈ほどもある巨大な弓矢で、セリンは両手に嵌めた鋼鉄のグローブでそれぞれ応戦する。二人とも軽やかな身のこなしで先手をとり、モンスターアントに後れを取る様子はなかった。

「ライオ、アリが壁伝いに来てる！」

弓にこだわる婚約者と昔なじみの行商人に気取られていた俺に、ミージュが警告する。

顔を上げた時には目と鼻の先まで近づいていて、長剣で応戦することは不可能だった。

──キシャアアアアッ！

俺は得物を捨て、首を噛み千切らんとする大顎を、両手で掴んで受けとめた。

開かれた口からブラシ状の器官が飛び出して、ギ酸を吐く。

飛び散った液体が頬にかかり、灼けるような痛みが走った。

けれど、この程度でひるむ俺ではない。

腕に力をこめて、捕らえたモンスターアントを顎から引き裂いていく。

ブチブチとアリの筋繊維がはじけ切れる音が連鎖し、俺は**ひらき**になった巨大昆虫の亡骸を両手にかまえる。

それを振りまわせば鞭のようにしなって、新たに足元から襲いかからんとしたモンスターアントを叩きつぶした。

モンスターアントの死骸はなんらかのフェロモンを放っているのか、連中の攻撃は俺に集中しだす。

「ライオ、下がって」

「いや、このまま俺に集めろ。リアーシュは弓矢で援護を頼む」

俺は握りしめたモンスターアントの死骸で群がってくる敵を薙ぎ払い、蹴散らす。

漆黒の肉鞭が嵐のごとく打ち乱れて、迷宮の通路を塞いだ。

魔物たちは鞭が巻き起こす風に触れればその部分を切断され、掠ったただけでも八つ裂きとなってしまう。こちらに尻を向けて逃げるヤツは、巻き起こす風の縫い目を読んだリアーシュの矢に貫かれて息絶えた。

ほどなくして、周囲の魔物殲滅が完了する。

俺とリアーシュはハイタッチを交わし、お互いの働きを称賛した。

「ナイスコンビネーションといいますか……ライオさん、本当に強くなったんですね」

「リアーシュと肩をならべて邪竜討伐をしようとすれば、誰でもこうなるさ」

感嘆のため息をこぼしながら、セリンは床に落ちていた剣を拾い、俺に渡してくれる。

「あたしの婚約者なら、もう少し美しくスマートに戦って欲しいわね」

剣を腰の鞘にしまう俺の頬に、リアーシュは肩をすくめながらペースト状にした薬草を塗ってくれた。ギ酸による火傷に染みて、ヒリヒリと痛む。

「あれだけ暴れて、ほっぺただけじゃないわよね。他にはどこにかかった？」

「薬を塗ることくらい、自分でできるって」

「ダーメ。あたしはライオのお母さんにもお姉ちゃんにもなるって言ったでしょ。ケガした時くらいは、遠慮しないで甘えなさいっ」

目ざとく火傷痕を見つけては、有無を言わさずに薬を塗ってくる。

「でも、セリンとミージュがニヤニヤしながらこっちを見てるし……」

「バカ、見せつけたいのよ」

愛しき婚約者は、頬を赤らめて、俺にだけ聞こえる声でささやいた。

ここがアリの巣穴でなかったなら、俺は抱きついてキスをしていたかもしれない。

「さすがハイエルフ・プリンセス……抱擁力もあるんですね」

セリンがそんな感想をこぼすと、リアーシュは満足げに「どやぁ！」と胸を張った。

「どやってるところ悪いが、髪にアリがついてるぞ」

艶やかなブロンドの髪に小さな黒い虫がついているのを指摘すると、彼女は肩を震わせた。

「え、やだやだ、とってとって」

「ちょっとじっとしてろ」

「う、うん……」

先ほどとは一転して素直に甘えてくるリアーシュの髪から、アリをつまみとる。

「やん、くすぐったい……もー！　ライオったら、どさくさに紛れてどこに触ってるの！」

「え、俺、髪にしか触ってないけど？」

「うそ、だって今太もものほうに……いやあああああっ！」

リアーシュの悲鳴が通路に反響した。緑色のミニスカートから伸びる彼女の真っ白な太ももの上を、無数のアリが這いまわっていたのだ。

「うわ、なにこいつら！」

「ふぁあっ、すごい数です！」

いつのまにか、俺たちが立っている地面はアリで埋め尽くされていた。

いや、地面だけではない。壁や天井までもアリに覆われてしまっている。

「油断した！　でかい状態で勝てなかったから、小さい状態で攻めてきたのか」

「すごく有効な作戦ね！」

とにかく踏みつけるが、アリは次から次へと湧いて出てきて、俺たちにたかってくる。

「このままじゃ切りがない！　リアーシュ、なんとか魔法で吹き飛ばせないか！」

「むりぃ！　こいつら服の中まで入ってきて、ひゃんっ、魔術を使う集中力が……！」

服の中に手を突っこんでリアーシュが涙目になって訴えてくる。

俺は不覚にも、乱れた衣服と、彼女の白い肌を這う黒いアリのコントラストに背徳的な興奮を覚えてしまう。

「ミージュは!?」

そもそも入りこむ部分がほとんどないような格好だが！

「たくさんのアリにたかられるのって、なんかイケない感じでゾクゾクして……いいかもぉ」

このダークハイエロエルフ！

「ちょっと待ってください！　たしか、ここらへんに……！　うひゃあ、ここにもアリッ！」

身体の下半分を真っ黒にしながら、セリンは背のうの中を探る。

「いやあああああっ！　こいつら全然離れない！　きもちわるううういっ！」

とうとう混乱の閾値を突破してしまったリアーシュが、手にした弓に矢をつがえて、闇雲に撃ちはじめる。

「ばかっ！　やめろリアーシュ、危な――」

バシュ、バシュ、バシュウウッ！

「あがっ！」

ミージュが矢に眉間を貫かれて倒れる。

また死んだ……！

「ありました！　みなさん、目をつぶって息を止めてください！　超強力な毒の煙幕を撒いて、一網打尽にします！」

Hi
アリー

セリンが煙玉をとりだすと、火をつけて地面に叩きつけた。

紫色の煙が瞬く間に通路内に充満し、慌てて目をつぶり息を止める。

肌の上を這っていたアリが、次々と身体から落ちていくのがわかった。

助かった……しかし、ミージュは大丈夫だろうか？　毒霧によって、もう一回死んでしまったりしないだろうか？

願わくば、この煙が晴れるまで蘇生せずに死んでいてくれますように……。

「いっつ、ちょっとリアーシュ！　あんた、わたしを何回殺せば……って、なにこの煙？　ウッ！　ブクブクブク……」

ダメだったか……！

つか、そんなに強力な毒なのかよ。どのくらいこうしていればいいんだ？

息を止めてるとしゃべることもできないし、目をつぶってるからなにも見えない……。

できることは手探りで意図を伝えることしか……ふにょん。

ふにょ、ふにょん。

俺の指先が、丸く柔らかなものに触れた。

むぉ、この押せば返ってくる張りのある弾力感は……！

「ひゃん！」

「その声はリアーシュ！」

「いつまで触ってるのこのボケェッ！」

「グヘーッ！」

渾身のパンチを顔面に受けて、俺の身体は後ろの壁にめりこんだ。

「あ、もう煙は晴れましたか？」

セリンが目をあけて、髪や服の裾などに引っかかったアリの死骸を払い落とす。

「まったく、目をあけてたって胸当ての隙間に手を突っこむなんて難しいでしょうに、どうして針の穴に糸をとおすようなラッキースケベができるのよ！」

「そ、それよりも、ミージュさんは……」

セリンに指摘されて、リアーシュは青くなった。眉間を矢に貫かれながら泡を吹いて死んでいるミージュに、あわてて駆けよる。

ひどい有様だ……こんなのまともな人間の死に方じゃない。

「お姉さま、起きて！　まだ死んじゃダメよ！」

「ど、どうしてこんなことに……」

「矢と毒霧で二回死んだっぽいけど、前に五〜六回は死ねる身体だって言ってたから、たぶんまたすぐに起きてくるさ……」

俺は怯える二人をフォローしつつ、ミージュの眉間から矢を抜き、口元の泡を拭った。

「二回って……二回目ってもしかして、わたしの煙玉のせいですか!?」

「責任のなすり合いなんてやめましょう。お姉さまが死んだのは、あたしたち全員の責任よ」

「いやあんたが一番悪いわよ」

「ギャーーーーーー死んだお姉さまがシャベッタァァァァァ！」

眉間の傷口が塞がり、蘇生したミージュがリアーシュの耳を引っ張る。

「いだだだだだだ！　ひぁー、ごめんなさい！　ごめんなさいーっ！」

「本当に蘇るなんて……ハイエルフって神秘の種族なんですね」

死後硬直しかけていた肩をゴキゴキと鳴らすミージュに、セリンは瞳を輝かせる
「いや、ミージュが特殊なだけだと思うぞ……それよりも、前回よりも随分と蘇生するまでの時間が短くなってるような気がするんだが」

「一回死んだせいで身体が蘇生手順を覚えたのかもしれないわねぇ。我ながら、改めて自分の化け物っぷりに驚いてるわ」

かっこいい台詞だ……そんな台詞、俺も言ってみたい。

「うう……今のお姉さまなら、百年前のあの姿……伝説の超ハイエルフにもなれそうね」

引っ張られて真っ赤になった耳をさすりつつ、涙目のリアーシュがつぶやいた。

「超ハイエルフってなんだよ……」

「妖精郷に伝わるおとぎ話よ。昔は千年に一人現れるかどうかの最強のハイエルフとかって、もてはやされたもんだわ。まぁ飲酒と男あさりと夜更かしを引き替えに失われたけどねぇ」

俺はちょっとだけ、シューランさんがミージュを嫌う気持ちを理解した。

「それより、わたしが死ぬ前にはなかった隠し通路があるんだけど、どういうことかしら」

ミージュは俺の背後を示した。ふり返って確認すると、うしろの壁には人の形に穴があいていて、覗きこむと新たな通路が伸びている。

「さっきライオさんがリアーシュさんにラッキースケベして吹っ飛ばされた時にできた穴ですね。まさかちょうど隠し通路の入り口だったなんて、本当にラッキーなスケベでしたね」

「大丈夫？　ちょっと御都合主義が過ぎない？」

うっかり死んでも蘇ってくるミージュには言われたくないな……。

「分かれ道ですね……どっちに進めば村の方々がいるんでしょうか？」

「村の人たちを運びこんでまた通路を隠したってのは考えづらい気もするけど、あんだけ数がいたならこれくらいの穴を塞ぐのなんて一瞬だろうし、なんとも言えないわね」

「戦力の分散は賢い選択じゃないけど、今は村の人たちを一刻も早く見つけて救出するのが最優先だからな。二手に分かれるか」

「このリアーシュさまがアリなんかに後れをとることなんかないわ、どやぁ！」

いや、さっき結構ヤバかったろう……。

「煙玉はまだいくつかありますので、それぞれ分けて持っていきましょう。それで、どういう風に分かれましょうか？」

「二人組を作るなら、当然あたしとライオがペアに決まってるわよねっ」

「あんたはわたしとペアよ」

ミージュがリアーシュの肩を抱きよせた。

「な、なんでよ！　ヴィースを倒したのだって、あたしとライオだったじゃない」

「まだまだ仕返ししたりないからに決まってるじゃないの」

褐色のハイエルフは、悪魔のごとく唇の端をつり上げて笑う。

「ひぇっ！　いや、ライオ、助けてっ」

「まぁ、その、なんだ……立派にお務めを果たしてキレイな身体になって戻ってこい」

助けを求めるリアーシュから、俺は断腸の思いで視線をそらす。

「婚約者のお許しも出たことだし、久しぶりに姉妹水入らずの濃密な時間を過ごしましょ」

「ふにゃあああああ、ライオの裏切り者ーーーーーーっ！」

ミージュに引きずられていくリアーシュの声が木霊する。

ハイエルフの姉妹は、闇の中へと消えていった。

「よかったんですか？　リアーシュさんと一緒じゃなくて」

「まぁ、その、な……」

俺もできればリアーシュとペアになりたかったが、呪いの不安があった。

時刻はすでに夜になっている。リアーシュと二人きりになって呪いの発作が起きてしまったら、どうなるかわかったものではない。

きっとミージュも、そこらへんのことを気にしてこの組み合わせにしたんだろう……。

いや、本当に仕返しし足りないだけかな？

「もしかしてその、ライオさん……わたしと、二人っきりになりたかったとか……」

「え、なんだって？」

「い、いいえ。なんでもありません」

とり繕うように微笑むセリン。俺たちは、隠し通路の奥へ慎重に進みだした。

シーン4　クイーン・モンスターアント

セリンが持つランプの明かりを頼りに、俺は彼女の斜め前を歩く。

四人のうち二人がいなくなると途端に静かで、彼女が心細い思いをしていないか気になった。

なにか話題を探していると、この巣穴が入ってきた時よりも暑くなっていることに気づく。

「セリン、暑くないか？」

「そうですね……たしかに、ちょっと汗ばんできました」

行商人の少女は、襟元をパタパタとさせて服の中に空気を送りこむ。

汗で光る鎖骨のくぼみに目がいってしまい、俺は慌てて視線を前に戻した。

セリンは俺の二つ年下で、今は十八歳である。

十八歳にしては小柄で、リアーシュやミージュと比べれば胸のふくらみもひかえめではあるが、だからといって色気がないわけではない。

もしかして、セリンに対して発作を起こしてしまわないだろうか……？

俺は不安になって胸に手を当てる。今のところ、異常はなかった。

大丈夫……セリンのことを可愛いとは思うけれど、恋愛感情はない。

傭兵団時代は惚れていたかもしれないが、それは選択肢がなかったからだとも思える（セリンには失礼な話だが、モンスター討伐のような生死の狭間の極限状態にいると、そういう動物的な本能が働くようになってしまう。人間って、そんなものだ）。

「ライオさんて……昔、わたしのこと、好きでしたよね？」

「――いっ!?」

言葉にならない悲鳴がこぼれた。

「間違っていたら、すみません。わたしの勘違いだったんですね……ライオさんとリアーシュさんがラブラブなのを見ていると、ちょっとだけ、うらやましいなぁって」

俺は努めて後ろをふり返らないようにした。

セリンがどんな表情でこんな言葉を口にしているのか、知ってはいけない。

本能がそう告げた。

「前にもこんな感じで、二人っきりでダンジョンに潜ったことがありましたよね。ギルガ団のみなさんに護衛を頼んだら、本隊とはぐれて、わたしとライオさんだけになってしまって」

「ああ、懐かしいな……依頼主のセリンに怪我でもさせたら団長にドヤされると思って、俺も必死で……なのにセリンは、いざ戦闘になったら結構戦えたりしてな……」

本当、あの時は先に言っといて欲しかった……。

「すみません。ライオさんが一人になってもわたしを守ろうとしてくれたのが、嬉しくって……逃がした魚は、意外と大きかったかも知れません」

セリンは深いため息をこぼす。俺はその言葉の意味について尋ねることはせず、行く手を阻むモンスターたちを倒すのに専念した。

そして、巣穴の最下層と思われる大広間に到着する。

セリンのランプで照らすと天井は高く、縦横も三十メトル以上の広さがあるだろう。

「ライオさん、あれ……！」

「ああ！　あいつが女王アリで、間違いなさそうだな」

モンスターアントの十倍はあろうか。

全容を確認するためには首が痛くなるほどに見上げねばならない巨影がそこにあった。

「わたし、女王アリって見たことないんですけど、ああいう形をしているものなんですか？」

「いや、俺がガキの頃にアリの巣穴をほじくり返して見つけたのとは違うな」

通常のアリならば黒くて卵形をしている腹部が、濁った白色でいびつに肥大化し、地面にめりこんでいる。超巨大な脂肪の塊の上に、成人男性くらいのアリの上半身が乗っかっている姿を想像してもらえれば、だいたいそんな感じだ。

周辺にはさらわれた村の男たちが倒れていて、微かに震えているのが確認できた。まだ息がある。間に合ったのだ……俺は、安堵の息をついた。

「リアーシュさんたちは、まだみたいですね」

「ああ、でもあの二人なら心配はいらないだろ。とりあえず、村の人たちを……」

『人間ドモ……ここガ女王の聖域と知って踏みこんデきたのカ』

意識に直接語りかけてくる声に、俺たちは固まる。

「これって……」

「セリンにも、聞こえてるか。魔術による念話だ」

声の主を誰何する必要はなかった。

クイーン・モンスターアントを見上げて、身がまえる。

「話ができるとは思わなかったぜ。さらった村の人たちは、返してもらう」

『この者たちハ、これから産卵の儀の糧トなる栄誉を与エル。勇敢なる剣士ヨ、貴様も我がもトに来るがよイ。精を放出すル瞬間、天にも昇ル心地を味わわせテやろうゾ』

「御免こうむるね！　英雄道大原則ひとつ、英雄色を好まず！　俺はリアーシュ一筋だ！」

『アーリアリアリ……笑わせるナ。人間風情ガ、妾に刃向かう術などアリはしナイ』

「アリって、『アリアリアリ』って笑うんですね……」

クイーン・モンスターアントのブヨブヨとした卵胞から、無数の触手が生えだした。

それらは、女王アリの周りに倒れる村人のほうへと伸びていく。

「まずい、あの触手で村の人たちを人質に取るつもりか！」

俺は剣を抜き、ひと息で敵との距離を詰めた。

「英雄道大原則ひとつっ！　英雄は人質の救助を最優先にすべし！　しかし、そもそもとられる前に敵を倒せ！」

俺の刃は女王アリの触手を一度に五本も切り落とす。

想像していたよりも軽い手応えに、違和感を覚えた。

「管状になってる？」

それが触手ではなく、なにかを放出するための器官であることに気づいた時には、俺の視界はピンク色の靄で覆われていた。

「ぐぁあっ！」

『……なにカ、勘違いをしタようだナ。すでにこの者らは我ガ傀儡。そして貴様もマタ、我が手の平の上にいるのダ』

「くそっ！　アリに手の平があるかっ⁉」

視界を確保するため、俺は一度後退した。

女王アリの周りで倒れていたはずの男たちが立ち上がっている。

みな目の焦点が合っておらず、半開きの口からは涎が垂れ、正気を失っているようだ。

「みんな、女王アリに操られてるのか」

『アーリアリアリ……女王のフェロモンを吸った男はミナ、妾の虜となるのダ』

「なにっ――くっ」

俺は唐突な目眩に襲われた。頭がボーッとして意識が遠のき、足に力が入らなくなる。

しまった……さっきのピンク色の靄が女王のフェロモンなのか……！

『アーリアリアリ……さぁ、我が前に跪キ、卵胞に口づけをするがよイ』

「誰がそんなことをするものか！」

『口で強がっていても身体は耐えられマイ。ほどなく貴様の男としての器官は屹立シ、妾に抗う意思は消滅スル。案ずることはナイ、我が肉鞘によって優シク……時に激シク搾りとってやろウ。もはや人間の女など抱こうトハ思えぬ身体になれるゾ』

女王アリは肉鞘の一本を俺に向け、先端の挿入口をくぱぁ……っと広げてみせる。

内側にびっしりと蓄えられた肉襞と糸を引いた粘液は、かつてお世話になったオナホフルーツよりも数倍淫靡だった。

「本当か？　本当に、人間の女を抱こうとは思えない身体に、なれるのか？」

「ライオさん、なにを言ってるんですか！」

胸にもたげる数多の悔恨。

ここで一度果てれば、もう二度と、リアーシュを裏切る必要はなくなる……。

俺は幽鬼のごとき足取りで女王アリが差しだす肉鞘の前に立つ。

『アリアリアリ……フェロモンが効いてきたようだナ……ああ、そうダ。妾と交われバ貴様の望みはスベて叶うゾ。さぁ、邪魔な衣服を取り払イ、若き精を放出するの――ナニ？』

女王アリが、俺の股間部を覗きこんで戦慄した。

『勃っていないダト!?』

俺は肉鞘を掴み、それを中程から引き千切る。

――キシャアアアアアアアアアッ！

「念話じゃない本物の断末魔が出たな。俺を村人と同じように操れると思ったか？」

『バ、カな……！　如何な不全の男でモ、たちどころに回復すル妾のフェロモンを大量に吸いこんだのニ、どうして影響を受けないノダ……！』

「マジですかっ！　ちょっとサンプル採集させてください！」

右目を『$』マーク、左目を『¥』マークにしながら、セリンが黄色い声を上げる。年老いたもの好きの貴族に高く売れそう、とか考えているんだろう……。

『人間の身でアリながラ、すでに人間としての範疇の埒外にいるとでもいうノカ！　ええい、こうなれバ精力を奪うのは止めダ。者どもカカレ！』

「「「おおおおおーっっ！」」」

女王アリに操られた村の人たちが、一斉に襲いかかってくる。

俺は剣の柄頭や拳で彼らを迎えうった。

『アーリアリアリ……その顔色を見る限り、一切フェロモンが効いていないわけではなさそうだナ！　靄のかかった意識で相手を殺さヌように戦うのは骨が折れるだろウ』

ギ酸をまき散らして笑う女王アリの指摘は、正鵠を射ていた。

集団で迫ってくる村の男衆を的確に昏倒させていくのは、万全の状態でも精神が削れる作業だ。しかし。

「英雄道大原則ひとつ――逆境でこそ、使命感を燃やし、突破せよ！」

前後左右から迫る男たちをいなし、その首筋に当て身を食らわせて失神させる。

ピンチであればピンチであるほど燃え上がる男、それがこの俺、ライオ＝グラード！

『小癪ナ……ならば、我が子らを呼びだすマデ……！』

女王アリが背中の羽を広げて、小刻みに振動させる。女王の間にかん高い音が響きわたり、地面からモンスターアントが姿を現す。

「『人質を救う』、『アリも倒す』――両方やらなくちゃあならないってのが『英雄』のつらいところだな……けど！」

　前後から迫る村人の顎先を拳で打ち、左右のモンスターアントには容赦なく刃を突き立て、頭部を蹴り飛ばす。

　傭兵として幾多の戦場をくぐり抜け、さらにリアーシュにふさわしい男になるべく特訓を重ねた俺には、この程度の修羅場はまだヌルい！

「いやっ、放してください！」

　村人たちに取り囲まれ、押し倒されたセリンの悲鳴が、鼓膜を震わせる。

「セリン、今助ける！」

　俺は、背後から羽交い締めにしようとしてきた村の男を背負い投げして、彼女に覆いかぶさる村人にぶつけた。

「大丈夫か？　ここは俺に任せろ。今度こそ、ちゃんと守ってやる」

「ライオさん……」

　セリンを背後に庇い、残りの男たちを次々に打ち倒していく。

『ううグ……どうしてモ、その肉体を妾に差しださヌか！』

「俺には心に決めた婚約者がいるんだ。大好きなリアーシュを置いて、英雄たるこの俺が他の誰かに貞操を差しだすはずがないだろ――ゲフゥッ！」

「威勢のいい啖呵を切ったライオさんが突然吐血を！　女王アリの不可視の攻撃ですか!?」

『エッ!?　そんな技ないけド……』

自らの言葉の刃に傷つけられた心の痛みが気付け薬となり、女王アリのフェロモンの効果を打ち消した。

リアーシュ、見ててくれ……。

こんなクソみたいな男を惑わすフェロモンに、俺は屈しない……。

これこそが、俺だ。ハイエルフと添いとげる人間、英雄ライオ＝グラードだ！

「『覚悟』を決めた英雄としてのアリ方を、目に焼きつけろ！」

最後の村人を気絶させ、女王アリと対峙する。

敵との間合いを一気に詰め、脂肪の塊のような腹部を駆け上がった。

『お、おのレッ!?』

「アリアリアリアリアリアリアリアリアリアリアリアリアリアリアリアリアリ――」

俺の高速連続剣が、クイーン・モンスターアントの上半身を斬りつけ、触角や節足、頑強な顎の鋏などを次々に切り飛ばしていく。

「――アリーヴェデルチ（さよならだ）！」

最後に、胸部に剣を突き立てる。

薄桃色の体液をまき散らしながら、女王アリの巨体は、ゆっくりと傾いでいった。

『無念……腹の子らを、産湯に浸けてやルことガ、叶わぬとハ……』

地面にくずおれ、わずかにひくついていた触角も完全に停止する。

わずかに残っていたモンスターアントは小さなアリの姿に分裂し、逃げるように地面の奥底へと潜っていった。

ひとまず、ハスキンの村を襲った脅威は去ったとみていいだろう。

「やりましたねライオさん！　村人の救出はおろか、あんなおっきな敵をたった一人で倒してしまうなんて――うわ、くっさ！」

俺のもとへ駆けよってきたセリンは、しかし手前で顔をしかめて後ずさった。

最後の連続剣で女王アリから噴きだした体液をもろに浴びてしまったからな……。

薄桃色の粘液でデロデロになった我が身を確認すると、いやに身体が火照ることに気づいた。

「大丈夫ですかライオさん？　顔が赤いように見えますが……」

「女王アリのフェロモンのせいだな。男をその気にさせる効能があるとか、さっさ言ってたろ……ちょっと、浴びすぎたな……」

「へ、へー……もしかして、わたしのこと、襲いたくなっちゃいます……？」

「え、なんだって？」

頭がクラクラして、よく聞こえなかった。本当だよ。

「～～～～ッ！　なんでもありませんっ！　わたしやわたしがお世話になってる村の人たちを守ってくださいましたし、デカい相手にもひるまず戦うところとか、ちょっとかっこいいな、と思っただけで、ですね……」

「どっかに身体を洗う場所はないかな？　リアーシュと合流する前に流したいんだが」

「本当にリアーシュさんのことしか頭にないんですね……産湯がどうのと言ってたから、それに近しいものがどこかにあるかもしれませんが……あっ」

セリンが指さす先、クイーン・モンスターアントの陰に隠れて見えなかったが、女王の間の奥には、まだ部屋があることに気づいた。

入ってみると、濛々と湯気の立ちこめる大きな浴場が俺たちの前に現れた。

「これは……温泉？」

用心してお湯を手ですくってみるが、特に異常はなさそうだ。

湯船の底にはヒカリゴケが繁茂し、地下の大浴場を幻想的な空間に仕上げている。

「巣穴の地下に潜れば潜るほど暑くなっていたのは、これのせいだったんですね……ハッ！　思いつきました」

「なにをだ？」

「アリたちによって蹂躙（じゅうりん）されたハスキンの村、どうやって立て直そうか考えてたんですが、この温泉を引いて観光事業を興せば復興が早くなりますよ」

「おお、それは名案だな！」

モンスターアントによって甚大な被害を受けた村の復興のことをすでに考えていたとは、恐れ入った。セリンの頭の回転の速さに俺は感服する。

「この国の法律では温泉は発見した人のものですから、ハスキンの村はわたしのものになったも同然です！　あの土地も村人も、全部わたしの好きなようにできますよ」

「魔王かおまえ！」

「冗談ですよ……ちょこっと権利料をいただくだけですから。それよりライオさんは女王のフェロモンを落としたかったのでは？」

セリンにうながされて、俺は一足先に温泉をいただくことにした。

温泉なんて久しぶりだ。どうせならリアーシュと一緒に入って、背中の流しっこかしたかった……そして湯船の中で温まりながら、ムードを高めあって、しっぽりと……。

いやいや、この状況でなにをアホなことを考えているんだ。

人目があるからって公衆浴場に入るのも嫌がるリアーシュが、一緒に風呂に入ってくれるなんてあるわけがない。

俺は肩を落としつつ鎧や服を脱いだ。女王アリのフェロモンはおもに鎧や髪についており、下のシャツやズボンは汚れていない。これならこの場で洗濯する必要はないだろう。

「しかし、恐ろしい威力だな、あの女王アリのフェロモンとやらは……」

興奮しているわけでもないのに、股間ははちきれんばかりに赤く腫れ上がっている。

リアーシュが来る前に、ここで抜いておくのが得策か……！

「はぇ〜、ライオさんの、大きいですね……」

「うわぁあ、セリン！　まだいたのか！」

隣から覗きこんでくる行商人の視線に気づいて、慌てて股間を隠した。

「ああ、すみません。温泉で身体を洗うのに、海綿や石鹸が必要かと思いまして」

「助かるけど……そんなものまで用意してたのか。本当に準備がいいな」

「一万ギルになります」

背のうから出した入浴セットを差しだして、にっこり笑顔で告げる。

お風呂セットで一万ギルは……ちょっとぼりすぎじゃないですかねぇ……。

「今ならプラス五千ギルでわたしがお背中をお流しするサービスもつけておきますよ♪」

「そういうのはいいから」

冷たい声を意識してあしらうと、セリンは頬をふくらませた。

「ライオさんだけの特別価格ですよ？　こんなこと、他の誰にもしないんですから」

「あのなセリン……俺には、リアーシュというものが……」

「それは知ってますけど……ギルガ団がなくなり、ライオさんが死んだってお話を聞いて、わたし、本当に落ちこんでたんですよ。こんなことならちゃんと言っておけばよかったって、毎日のように後悔して……ちょっとはそういう気持ちも汲んで欲しいんですっ」

語気を強めながら、セリンは頬を桃色に染める。

知らなかった……彼女がそこまで俺のことを心配していたなんて。

あれ、もしかしなくても俺たちは過去に、両想いだった……？

ドクン、と心臓が強く脈打つ。

マズい……この感じ、また、心臓に蛇が巻きついたイメージ。

胸に風穴をあけられたような苦しさ。

息をいくら吸っても、胸の穴から酸素が出ていってしまって、息苦しいのが止まらない。

「ライオさん、どうしましたか？　だいじょう——むぐ、んんっ！」

俺は衝動的にセリンの唇を奪い、その小柄な身体を抱きしめていた。

「ン、ちゅ、はぁ……ら、ライオさん……どうして……」

戸惑う瞳に、俺は獣のような荒々しさで応えた。

孤独を癒やしたいという欲求に、理性の歯止めがきかない。

言葉は必要ない。肌と肌を触れ合わせる温もりだけが欲しい。

ボタンが千切れ飛ぶのもかまわず、着ている服を力尽くで剥いでいく。

「ダメです、服が破けちゃ……んっ……！」

逃れようともがくセリンは、しかし、俺が股間を擦りつけた途端に、固まってしまう。

「すごく熱くて、硬い……ライオさん、わたしで、こんなに興奮してくれたんですか？」

返事の代わりに、彼女の胸の蕾を摘む。

セリンは、心地よさそうに身体を震わせた。

「ふぁっ……わたしのこと、受け入れてくれるのは嬉しいです……けど、リアーシュさんは、いいんですか？」

ああ、最愛のリアーシュ……しかし、彼女は今、この場にはいない。

それより今は、セリンが俺に向けた感情のほうが大事だ。

熱に浮かされた頭で、俺はセリンのシルクの下着に手をかける。

彼女はもはや抗おうとはせず、従順な召使いのごとく、俺のすべてを受け入れた。


人間は、何度罪を重ねれば、気がすむのだろう？

終わらない戦争、宗教・民族間の対立、なくならぬ奴隷制度、王族や政治家の腐敗……。

自らの欲望と本能を律し、他者と正しい距離感で付き合い、真に手を取り合うことを、いつになったら学ぶのだろうか……？

湯煙に満たされた浴場。

一糸まとわぬ姿で湯船の縁（ふち）に腰掛けたセリンが、うっとりした表情で俺に寄り添っている。

「ライオさんの、すごかったです……奥まで、みっしりと満たされちゃって……」

また……また、やってしまった……！

しかも、ミージュ以外の、新たな女の子と……。

温泉の中で溶けてひとつになってしまうのではないかと思うほどの、濃密な交わりだった。

いつも俺を優しく包みこんでくれるミージュとは対照的に、処女で小柄なセリンの膣中は狭くキツい。それを俺の形に押し広げていくのは、途方もない征服欲を刺激した。

もはや、リアーシュのことを魔王などと言えない……俺も獣だ。ケダモノなのだ……！

「わたしは満足しましたけど、ライオさんはきちんと気持ちよくなれましたか？」

健気な問いかけに、脂汗がにじみでる。

キリキリキリキリキリキリ……と、胃の痛みはこれまでの比ではない。

「やっぱり、わたしのような貧弱な身体だと、物足りないですかね？　あの……ライオさん、なにか言って欲しいんですが……」

「ヤバいと思ったが、性欲を抑えられなかった」

「はい？」

「ヤバいと思ったが、性欲を、抑えられなかった……」

「……ヤバいと思ってませんでしたよね？」

俺の言葉に、セリンが半眼でつっこみをいれる。

「あの……冷や汗いっぱいかいて顔色も悪いですけど、なんだか様子がおかしくないですか？もしかして、わたし、遊ばれました？」

「――――っ!?」

拳を握りしめた。そうだ、セリンの言うとおり、俺は……！

「……はい……遊んでしまった、ということになると思います……」

俺は残り滓のようになった誠意を振り絞って、セリンに呪いのことを話した。

ミージュともすでに何度か寝てしまったこと。

そしてそのことを、リアーシュには打ち明けないでいること……。

ついさっきまで俺に対して熱い眼差しを向けていた行商人の瞳は、みるみるうちにゴミを見る目つきに変わっていった。

「頼む、お願いします！　このことはどうか、リアーシュにだけは！」

「土下座」

「ははーっ！」

命じられるがまま、俺はその場に土下座した。

セリンは容赦なく俺の後頭部に足を乗せてくる。

「確認しますが、ライオさんはわたしに対して愛情や恋情といった人間らしい感情の含みは抱いておらず、ただ犯したくなったから犯したケダモノなんですね？」

「いや、セリンのことだって俺は一人の人間として……うぐぅ、おっしゃるとおりです」

弁明すれば、さらにリアーシュを裏切ることになってしまう。

俺は、素直に頭を下げ続けることしかできなかった。

三十数えるほどの沈黙を経て、セリンがため息混じりに告げる。

「しょうがないですね……面倒な呪いということですし……襲われはしましたがこちらも半分合意の上だったと言われれば、そうだった気もしないでもないので、慰謝料として四十万ギルで手を打ちましょう」

「え、そんなんでいいのか?」

想像以上に安い金額に驚き、顔を上げる。

「決して安売りではないですよ。王都の高級娼館は一晩で二十五万ギルですから……残りは、破れた服の代金、わたしが初めてだったこと、加えていろいろ期待させられた分です」

「そんな風に言われてしまうと、金ですませていいんだろうかって気になるな」

英雄道大原則ひとつ、姦淫の罪を犯した男は指ではなく首を切ること。

俺の信条的には、斬首にされても文句が言えない状況である。

「わたしは行商人ですし、たいていのものには値段をつけます……それに、四十万というのは、相手がライオさんだからこその……その、特別価格ですからね」

セリンの厚意に、俺は甘えることにした。

四十万ギルは昔の俺だったら払えない金額だが、ヴィースを倒して妖精郷から多額の報奨金をもらった今なら、ほいと渡せる額である。

「ちなみにデキちゃっていた場合は、養育費を別途請求します」

「もしかして危ない日？」

「いっぱいぶちまけてくれましたからね……可能性は高めです」

行商人の少女は、きゅっとくびれた自身のお腹をさする。

「今のライオさんの経済状況から勘案するに、五千万ギルを十五年分割くらいで払っていただきましょうか。あと、生まれてきた子どもにお父さんがいないっていうのもかわいそうなので、一月に一回くらいはお忍びで会いに来てくださいね？」

「……はい……！」

――俺には家族がいない。だからリアーシュには、家族を大切にしてほしいんだ。

ほんの数日前に発したそんな要旨の言葉が、今になってブーメランのごとく戻ってきて、俺の胸に突き刺さっていた。

「あ、いかにも女王アリっぽいのが死んでるわっ！」

びびびびびくぅっ！

大広間のほうから聞こえてきた声に、俺は飛びあがって驚いた。

「ライオたちね……村の人たちも生きているわ」

「ライオーッ！　どこーっ！」

聞こえてくる二つの声は、間違いなくリアーシュとミージュのものだろう。

俺とセリンは慌てて脱ぎ散らかした服を着はじめる。

「あ、わたしのシャツ……」

　セリンの服は俺が力任せに脱がせたばかりに、ボタンがなくなってしまってうたり、ところどころ破けてしまったりしていた。

「ど、どうする……!?」

「ライオさんのシャツを貸してください」

　セリンは返事も待たずに、その小さな身体に羽織るように俺のシャツを着た。

「俺の服だと大きすぎて、セリンのだって誤魔化すのは無理があるんじゃ……」

　袖が余りまくってるし、それに全裸に男物のシャツって、事後感が増し増しだ。

「わたしの服は女王アリのギ酸によって溶けてしまったので、ライオさんのシャツを借りた、ということにするんです」

「服だけを溶かす酸なんてそんな都合のいいもの……」

「わりとあります！」

　あるのならいいか。俺も急いでパンツとズボンだけは穿く。

「「なにこれ温泉!?」」

　ちょうどいいタイミングで、リアーシュとミージュが地下の浴場に入ってきた。

「あ、ライオたちもいたぁ！　もう、すごい捜したんだから！　村の人たちはあれで全部？　なんでライオは上が裸なの!?　てかそのセリンの格好！　あと温泉ってなに!?」

「ちょっと落ち着いて情報交換をしよう」

　セリンとの情事はのぞいて、俺はリアーシュたちと分かれてからのことを話した。

　ハイエルフ姉妹の話も聞くと、彼女らが行った先には大量の雑魚モンスターが待ち受けており、その相手をするのに苦労したらしい。

「ふーん……セリンの服はアリの酸で溶けたから、ライオのシャツを着てるってわけね」

　リアーシュはつまらなそうに唇をとがらせる。

「服だけをボロボロにするような酸なんてあるの？」

「あるよ！　服だけを溶かすエッチな酸はあるんだよ！」

　すでに事情を察してそうな顔のミージュに、それ以上つっこまないで、と言外に訴える。

「えっと、わたしが先に温泉をいただいて、ライオさんがこれから入るところだったんです」

「そ、そう！　そういうタイミングだったの！」

　セリンの口裏合わせに乗っかると、リアーシュの眉尻がわずかに下がった。

「へー、そっかー。いいわよねぇ温泉。あたしもいっぱい汗かいちゃったし、小アリも服の中に入りこんだままだから、入りたいなぁー、なんて……」

「そうか？　じゃあ、リアーシュが先に入ってもいいぞ」

「え!?」

「英雄道大原則ひとつ――レディーファーストは基本中の基本、だからな」

失地回復を図ってリアーシュに温泉の順番を譲ると、なぜか彼女はむくれてしまった。

「……ライオは、あたしがすでに服を脱いでる人よりも先に温泉に入るようなハイエルフだと思ってるわけ？」

すまん、それぐらい平気でやってのけるという認識だった……。

「あたしとお姉さままで村の人たちを介抱してるから、ライオは先に一、人、で、のんびり温泉に浸かってればいいじゃない」

「一人で」の部分を殊更に強調して、リアーシュは大広間のほうへ踵を返す。

「え……俺、なんかマズいこと言った……？」

その場にいたセリンとミージュに尋ねるが、二人は肩をすくめるだけで、なにも教えてはくれなかった。

シーン5　ネクストステップ　〜リアーシュの視点〜

あたしがイライラしながら村の人たちを介抱していると、お姉さまが声をかけてきた。

「リアーシュ、そんなに気になるんなら、ライオのほうに行ったら？」

「あたしは別に、ライオのことなんて、気にしてないわよ」

「ウソおっしゃい。セリンがライオのシャツを着ているのを見てヒヤッとしたから、『一緒にお風呂に入ってあげてもいいわよ～』ってかまかけたけど、あのニブチンがその意図を察しなかったからイライラしてるんでしょうが」

「うっ！」

お姉さまの指摘は図星だった。

あたしって、そんなに見透かされやすいのかしら……？

けど、遠まわしにでも「一緒にお風呂に入ろう」なんて誘ったことを認めたら、破廉恥なハイエルフってことになって、それはそれで恥ずかしいわ……！

「ライオさん、別れてからリアーシュさんのことばっかり言ってましたよ」

女王アリの死骸から体液のようなものを採取していたセリンが、話に入ってくる。

「それ、ほんとう？」

頬が熱を帯びるのがわかる。

ライオはセリンにあたしのこと、どんな風に話したのかしら……？

「のろけられて本当に胸焼けしそうでした。リアーシュさんが一緒に温泉に入りたいって言ったら、ライオさんはとっても喜ぶと思いますよ」

「一緒に温泉に入りたいなんて、はしたないエルフって思われないかしら？」

「はしたないエルフが嫌いな男なんていませんよ」

「ライオはそんなんじゃないもん！」

「寝言はその裸を見せつけてから言いなさい、このヘタレピュア・プリンセス！」

お姉さまに背中を押されて、あたしは大浴場に戻ってきてしまった。

温泉に浸かるライオの背中が、湯気にかすんで見える。

あたしは深呼吸をして服を脱ぎ、お母さまがくれた守り石を残して裸になる。

このはしたない胸を見せるのは恥ずかしい……でも、ライオはあたしのいいところも悪いところも好きだって言ってくれた。だからきっと、大丈夫。

お母さま、あたしに勇気をちょうだい……！

「ライオ」

「へ、リアーシュ？　うわ、うわああっ！」

声をかけると、ライオは顔を真っ赤にして驚いた。

「な、なんで、どうしてここに!?」

「婚約者なんだから、一緒にお風呂に入ったって、いいでしょ」

あたしは極力、平静をよそおって告げる。

「公衆浴場は苦手だけど温泉は好きだし、その、ライオにならら、見られても平気だから……あんっ、もう、入るわよ！」

恥ずかしくて頭から火を噴いてしまいそうで、あたしはライオの隣にザブンと飛びこむ。

温泉は熱めで、これなら顔が赤くなってもお湯のせいにできそうだ。

隣では、頭からお湯をかぶったライオが眼をぱちくりさせてる。

ううう……やっぱり、胸を見てるわ……。

視線を感じて、胸の先がジンジンしちゃう……お股もムズムズして、なんか染みだしてるような……やぁ、なにこれ……？

シーン6　ネクストステップ　～ライオの視点～

温泉に入っていたら、リアーシュが来た……リアーシュが来た！

透きとおるような白い肌に、玉の雫がつたい、きらめいている。

俺は、予告なく目の当たりにした彼女の裸に、湯あたりを起こしてしまいそうだった。

すげぇな……おっぱいって、お湯に浮くんだ……！

いや、そうじゃない！　こんな状況で呪いの発作が起きたら一大事だ。

リアーシュとの初めてを、呪いなんかに操られてしたくはない。

俺は胸に手を当ててるが、あの異様な寂寥感（せきりょうかん）がやって来る気配はなかった。

「もう、ライオってば、見ていいとは言ったけど、見過ぎよ……」

リアーシュが恥じらって、腕で胸元を隠した。

「わ、悪い……でも、隠さないでくれないか」

こうして俺との距離を縮めようとしてくれたリアーシュの想いを汲みたい。

彼女の裸をもっと知りたい、見たい……。

リアーシュの腕を掴み、ゆっくりとどけさせる。

守り石が輝く谷間、恥ずかしそうに震える先端の桃色の蕾。

俺は、本能的な喉の渇きを覚えた。

「リアーシュ、吸っていいか？」

「吸う……？　吸うって、へ？　おっぱいを!?」

呪いの発作に襲われているわけではない。俺は今、心からそうしたいと望んでいた。

リアーシュは十数えるほど視線を彷徨わせたのち、顔を真っ赤にしながら、問う。

「ど、どうしても、したいの……？」

「どうしても、したい」

再び、長い沈黙。リアーシュの表情には困惑と羞恥と俺が望むことをしてあげたいという献身的な愛情とが混ざりあっていて、その悩ましげな愛らしさは呼吸を忘れさせるほどだ。

「しょ、しょうがないわね……ライオのお母さんにもなるって、言っちゃったから……」

リアーシュが俺を抱きよせる。

俺は果てしない感動とともにリアーシュの乳房に口づけをした。

柔らかな胸の感触、甘い香り、トクントクンと、早鐘を打つ心臓の音が聞こえる。

「本当に、甘えん坊の英雄さんね……」

リアーシュの手が、俺の髪を梳るようになでてくれる。その指先から彼女の愛情が伝わってくるようで、俺の心は未だかつてない安らぎを覚えた。

「やぁ、んっ……」

口に含んだ蕾を舌で刺激すると、リアーシュは甘い声をだして身体を震わせる。柔らかかったのが、じょじょに硬さを増している。

「ね、ねぇ……」

ハイエルフ・プリンセスは、俺の耳元にささやく。

「これだけで、いいの？」

リアーシュの指が、俺の胸板に乗る。

「縄で縛ってないけど、ライオの乳首、硬くなってる……準備が、できてるってことでしょ……ズルだとは思うけど、でも……あたしたち、婚約者なわけだし……」

俺の乳首を吸って、子作りをしよう……リアーシュは、そう言っているのだ。

断る理由はない……そう思った。

どういうわけか呪いの発作もないし、俺もリアーシュもかなり気持ちは高まっている。

したい……すべきだ……リアーシュと、男女の愛の営みを。

「リアーシュ……男の乳首からは、赤ちゃんの素は出ないんだぞ」

「じゃあ、教えて。どうしたら、あたしがライオの赤ちゃんを産めるのか……」

切なげに言葉を紡ぐリアーシュ。

そんな彼女を前にして、俺はただ一言「うん」とうなずくことができなかった。

教えてあげたい……のに、なぜ？　どうして？

ここまでお膳立てされているのに、俺の分身は湯船の中で紳士を保っている。

おい、どうした？　リアーシュの胸を吸って、谷間に頭を埋めているこの状況でなぜ？

答えはひとつ……ついさっき、セリンの膣中に出し尽くして、カラッカラになったから。

——最低だ……！

俺は優しく微笑んで、リアーシュの唇に人さし指で触れた。

意味ありげな態度に、彼女はがっかりしつつも、ほっとしたようなため息をこぼす。

「真面目ね……ううん。ライオは、それだけあたしを大切に想ってくれてるのよね」

「ああ……」

スカした笑みを浮かべながら、俺は心の中で血の涙を流していた。

第三話　難聴、舞踏会、人魚の伝説

シーン1　呪いの条件2

「れろ、ちゅう、んぅ……ぷはぁっ……ふぅ、ライオさんの、ようやく鎮まりましたね」

「日に日に絶倫っぷりが増してるわね。このダークハイエロエルフも自信なくすわぁ」

「二人がかりどころか、わたしが仕入れたティングァの実も十個ほど使い潰しているんですけど、あとで代金を請求しますからね」

「生意気なことにテクも身に付けだしてるのよね。最初の頃はわたしが一回イクまでに五回は搾（しぼ）れてたのに、いまだと前戯も含めて二回が限界だなんて……屈辱的だわ」

モンスターアントの騒動から三日後の夜。

メリオス王都を目指す俺、リアーシュ、ミージュの一行は、行商人のセリンも仲間に加えて、とうとう王宮の城下町に到着していた。

夕方近くの到着だったため、王宮を訪ねるのは明日にまわすことにして、俺たちは宿に泊まったのだが……。

「ヤバい……気持ちいい……」

俺は現在、ミージュの太ももを枕にし、セリンに口で奉仕をされながら、まどろんでいる。

セリンの口奉仕は、ミージュに比べるとまだまだ物足りなく初々しい感じだが、それはそれで、もどかしい心地よさと相手を自分の色に染め上げている満足感がある。

「これほどのきかん坊ですと、リアーシュさんは初体験で難儀するでしょうね」

「ヤバい、実の妹に、『あんたの男はもうわたしじゃないと満足できない身体なのよ』って言ってみたい……！」

「ミージュさん、それはさすがにひどすぎるような」

「別に減るもんじゃなし。百年も生きて赤ちゃんの作り方も知らないほうにも問題あるわ」

リアーシュ……！

最愛の婚約者の話題になって、キリキリキリキリという胃を絞るような激痛とともに、俺の理性は覚醒する。

「ああ、リアーシュ……俺は、また！」

「大丈夫よ。リアーシュは隣の部屋でぐっすり寝てるから」

「そっかぁ……じゃない！　なんでセリンまで呪いの検証に付き合ってくれてるんだよ！」

ミージュだけなら、まだ呪いの検証をしているという言い訳が成り立つ気がしていたけれど、この状況は婚約者の目を盗んで淫行に耽（ふけ）っているようにしか見えない。

3Pセックス……リアーシュと本番を迎える前に、こんな快楽があるなんて、知りたくはなかった……！

「それが……すべてを見抜いていたミージュさんに、ライオさんとの関係をリアーシュさんにバラして妖精郷とのパイプラインを失うか、協力するかどっちか選べと脅されまして♪」

「脅したのかよ⁉」

「本人も嫌がってないしいいじゃない。さっきもずいぶんと献身的に腰振ってたし」

「にゃ――――っ！」

「チ●コもわりと抵抗なく舐めちゃってたし、やり手の行商人も一人の女の子なのねぇ」

ミージュの指摘にセリンの頬が赤く染まる。

「べ、別に……ライオさんは今後も金づるとして必要な方ですし……それよりもですよ！　やってる最中はあんなに情熱的だったのに、ヘタった途端にリアーシュリアーシュって、そっちのほうが呪いなんじゃないですか？」

「男ってそういう生き物なのよ。呪い(カース)ではなく業(カルマ)。覚えておきなさい」

「いや、呪いのせいだから！　好きでこんなことをしてるんじゃない！」

たしかに下半身はどうしようもなく喜んでるけど違うんだ！

俺は悪くねぇ！　俺は悪くねぇ！！

「まぁまぁ、元気出しなさい。セリンが協力してくれたおかげで客観視できて、ようやく呪いの発動条件の目処が立ったわ」

うなだれる俺を、ミージュが肩を叩いて元気づける。

「条件は二つよ。ひとつ目は陽が出ていない闇の加護の強い時間帯であること。これは前にも話したわね。そして、重要な二つ目は……」

「二つ目は？」

「異性から、恋愛感情を向けられることよ」

れん、あい、かん、じょう……？

「え、なんだって？」

「聞こえなかったふりをするな！　もっと具体的に言うとね、私やセリンがライオにアプローチをかける！　ライオがその意図を理解する！　すると呪い発動、ってことよ！」

大声で説明をするミージュも、羞恥で赤くなった。

いつも開けっぴろげに下ネタを口にする彼女にしては、滅多に拝めない表情だ。隣で聞いていたセリンも同様に、顔に恥じらいを浮かべている。

「あ、アプローチって……」

「身に覚えがあるでしょ」

ある……ありまくる。

俺は、ミージュの気持ちもセリンの気持ちも、薄々気づいていた。

しかし、それについて真面目に考えることをしなかった。

無意識なのか、意図的だったのかもわからない。

少し考えればわかる事実から目を逸らし、自身の罪を軽くしようとしていた。

「あ、あばっ、あばばばばば……！」

「つまり、ライオさんは、わたしたちの気持ちに気づいたから呪いが発動し、にもかかわらず、事後にはリアーシュリアーシュ言ってたってことですね」

「そのとおり、擁護できないクズ野郎だわ」

「はぅあ、胃ぐぁぁっ！」

俺は腹を押さえてうめいた。

でも、だったら、どうすればよかったというのだろう……？

リアーシュへの罪悪感だって重要なのだ。ミージュやセリンの気持ちも、もちろん大切だが、そんな一度に処理できるわけが……！

「無理矢理下半身でしか物事を考えられなくさせられるって、結構怖いんだぞ！」

「でも、いい目にあったでしょ」

「わたし、処女だったんですよね……」

どこまでいっても俺は、良心と胃をのぞいては快楽を享受してきた加害者だった。

ありがとう、ごめんなさい、申し訳なさで窒息してしまいそうだ……！

「……なんて冗談よ。ヒトもエルフも社会性を獲得した瞬間から、他人を傷つけずに生きていくことなんて不可能な生き物なんだから、こんなことをいちいち責めたりしないわ」

「ライオさんのリアーシュさんへの想いがそれだけ強かった、というだけのことですよね」

「ミージュ、セリン……」

俺は二人にひどいことをしたのに……天使かよ……！

「なんだかんだでわたしはセックスできて満足だし、妹の婚約者を性的に食べることで精神的な充足も得てるしね」

「ライオさんは人がよくて、精神的に追い詰めると泣きそうな顔になるのが、本当にいじりがいがあって最高ですよね」

人が本気で悩んでるのに遊ばないでくれよ……悪魔かよ……！

もう俺は、どうしたらいいのかわからない。

きっと、答えがある問題ではないのだ。悩むのはやめよう。

「けど、好きってアプローチされるのが引き金なんて、だいぶ定義が曖昧(あいまい)ですね」

「ライオの認識の問題でしょうね。かまをかける、告白する、裸になって押し倒す……アプローチにも程度はあるけど、目の前の女の子が自分に恋愛感情を抱いていると気づいた時が、呪い発動の瞬間よ」

「自分に惚れてる女の子には、なにしてもいいって思ってるんですね。外道ですね」

「呪いのせいだから！」

「そうね、呪いのせいよね。だからしょうがないわよね」

「ぐあああああっ！」

厳しく糾弾されても優しくされても苦しいなんて！

「話を戻すけど、だから一度エッチした相手とは、二回目以降も呪いが発動しやすくなるでしょうね。ライオも、思い当たる節があるでしょ」

「ああ、言われてみると……」

蛇に噛まれた時のことを思い出す。

俺の足の傷口に、躊躇なく唇をつけて傷口を吸い出してくれたミージュの献身が、嬉しかった。心のどこかで、彼女に愛されていると認識していた気がする。しかし……。

「待ってくれ……だったらなんで、俺の呪いはリアーシュには発動しないんだ？」

俺は、常にリアーシュに愛されていると実感している。

その条件であれば、俺がリアーシュに対して呪いの発作を起こさないのはおかしい。

「言われてみればそのとおりね」

「ライオさんの認識の問題なら、なおさらです」

いや、俺の認識を抜きにしても、リアーシュは俺のことを好きだよ？

「呪いの条件がまだあるのか、リアーシュが特別なのか……いま考えてもしょうがないわね。

明日、メリオスの王宮でヴィースの魔術の研究について当たりがつけられれば、新しくなにかわかるかもしれないし」

ミージュの話によると、俺に呪いをかけたヴィースは妖精郷とヒト族の国との折衝役を務めていた。一年のうち多くの時間をメリオスの王宮で過ごしており、ヤツがヒト族の黒魔術に精通したのは、王都メリオスに原因があるのではないか、ということだ。

「王宮といえば明日、貴族の社交舞踏会が開かれるそうですが、英雄ライオ＝グラードの力で、なんとか潜りこめませんかね？」

セリンが甘えるような声を出して、俺にすり寄ってくる。

「俺の力を借りなくても、ハイエルフ・プリンセスのリアーシュがいれば大丈夫だろ」

エルフはヒト族にとって憧れの種族だ。

エルフがヒト族を下に見ていることを知っていても、その事実は揺るぎない。

「やりました。ナイス金づる！　ライオさん、大好きです！」

「いや、お前の営業活動にいくんじゃないんだけどな……」

「いいんじゃない？　わたしは堅苦しいのはいやだから、その最中に透明化の魔法を使って、ライオの呪いに使われた魔術系統を探るわ」

「ヴィースの身辺か……ふと思ったんだけど、そこらへんってあいつが叛乱を起こした時に、すでに洗われてるんじゃないか？」

ミージュは「甘いわね」と人さし指を振ってみせる。

「その程度のことはリアーシュから聞きだしてるわ。ヴィースが滞在してた王都の部屋も調べられたけど、生活感がなくってね、手がかりらしいものはなかったみたい。あいつが連れていた邪竜もどこから来たのか、わかってないそうよ」

「そんな調査をしてくれてたのか……ありがとな」

「別にお礼なんていいわよ。さて、もう遅いし寝ましょ」

「ああ……って、なんでセリンもミージュも、俺のベッドに横になるんだ？」

二人はベッドの両端に横たわり、そのあいだに俺が入るようにと手招きしてくる。

「なに？　やることやってスッキリしたらもう用済みだから、部屋に帰れっていうの？」

「女性と女性器の区別がつかない人でなしですか？」

ひでぇ言い草だな……。

「わかったよ、俺は床で寝る」

「どうしてそうなるんですか！　サンドイッチですよ男の夢ですよね？」

「リアーシュと結婚したら、女の子二人に挟まれて寝るなんて絶対できないわよ」

「結婚生活は男の墓場とも言いますし、今のうちにできることをやらなきゃ損ですよ。永遠の命を手にするならなおのこと、人生に潤いを入れておきましょう！」

いつの間にか二人の少女に両腕を掴まれている。

力で振り払うことはできるが、再び、不穏な影が俺の胸の内で蠢いた。

ああ、胃の痛みが、消えていく……。

「ライオさん……ふふ、復活しちゃいましたね」

「しょうがないわね。ちゃんと責任は取ってあげるわ」

結局その夜は、明け方近くまでヤりまくった……。

シーン2　舞踏会とイケメン王子

翌日、メリオス王宮を訪ねた俺たちは、セリンの懇願を受けて、社交舞踏会に参加することになった。

「顔パスならぬ耳パスですね。リアーシュさんがツインテールをかきあげて耳を見せた途端に、みんな平伏してしまって……！」

「てか、ライオが不老不死になるために人魚を捕まえなきゃいけないのに、どうしてヒト族の舞踏会になんか出なきゃいけないわけ？」

寄り道をさせられて不機嫌なリアーシュに、セリンは平身低頭する。

「申し訳ありません。ハスキンの村の復興&温泉村化にはメリオス王や貴族諸侯の迅速な支援が不可欠で、その為にはリアーシュさまのご威光が必要なのです」

「人助けと思って協力しようぜ」

「まったく、ライオってばセリンに甘いんだから……」

ふくれっ面を作るリアーシュの頭をなでてなだめた。

「それに俺は、リアーシュのドレス姿が見られて嬉しいしな」

俺たちは旅装を脱いで、舞踏会用にセリンが見繕ってきた礼服に着替えていた。

リアーシュが袖をとおしているのは、青と緑色を基調としたドレスだ。

彼女の抜群のプロポーションを浮き彫りにしながら決して下品な印象を与えないそれは、可憐の一言に尽きる。

しかし、俺が褒めた途端、リアーシュは猫背気味に胸を隠した。

「あ、あんまり見ないでよ……こんな胸元の開いたはしたない服、恥ずかしい……」

「いつもとあんまり変わりませんし、ライオさんが喜んでくれるからってそれを選んだのに、隠したら意味ないじゃないですか」

「だって、やっぱりこんなだらしないものをぶら下げて人前で踊るなんてできないわよ！　せっかく着替えるんだから、胸が完全に隠れるドレスにしてー」

なぜか巨乳にコンプレックスを持っているハイエルフ・プリンセスは、舞踏会場へと続く廊下ですわりこんでしまう。

「今回はわたしもリアーシュに賛成ね。こんな動きづらいドレスは早く脱いじゃいたいわ」

ぐいっと胸を反らして、ミージュはその豊満な双丘を上下に揺らす。

透明化の魔法を使って城内を探る任務を帯びた彼女は、本当にこれからドレスを脱いで全裸になるわけで、それを嬉々としてやってのけるあたり、本当に痴女なんだな、と感心した。

「リアーシュさん、誇り高いハイエルフの姫がヒトの貴族の前に立つというのに、そんな弱音を吐いててどうするんですか」

「セリン……うー、でもでもぉ」

「この先にいるのは単なる金のなる木、あるいは貴族主義の豚どもですよ。わざわざ連中の目なんか気にする必要はありません」

だだをこねるリアーシュの前にしゃがみ、セリンがしれっと毒を吐く。

「ほんと？　粘菌類くらいの存在と思って見下していいの？」

「全然問題ありません。むしろそれで喜びます」

「なるほど……だったら問題ないわね！」

リアーシュは毅然と立ちあがり、見事なブロンドの髪をかきあげる。

その堂々とした姿は、どこに出しても恥ずかしくないハイエルフ・プリンセスだった。

弱いものには強く出られる……やっぱシューランさんの血を継いでいるんだな……。

「さぁ、いくわよライオ」

「あ、ああ……」

舞踏会場に入ると、俺たちは注目の的になった。

「おお、あれが噂のハイエルフ・プリンセスか！　なんと美しい！」

「隣の御仁が英雄ライオ＝グラード？　邪竜を引き連れし叛逆の妖精ヴィースを、妖精姫の助力を得て倒したっていう……！」

「先日、地底より現れたモンスターアントの大群を葬り去って、捕らえられていたハスキンの村人を救ったとも聞くぞ！」

「さらにハイエルフ・プリンセスと婚約もしたそうよ！」

「英雄と妖精姫のカップルなんて素敵！」

「なんか情報が早くないか⁉」

俺は首を傾げた。妖精郷の大多数に歓迎されていない俺とリアーシュの婚姻が、人里まで広がっているなんて考えがたい。

「昼間のうちに、ライオさんを売りこむためビラをまいておきました」

セリンがグッと親指を上げて舌を出す。

「おまえか！」

「行商人セリンのロビー活動はすでにはじまってるのですよ……さーいらはいいらはい、英雄ライオとの握手会に参加する方は、昼に配った整理券の番号順に並んでくださいね」

「握手会に整理券⁉　勝手しすぎだろ」

セリンの肩を掴むと、彼女は俺にだけ聞こえる声でぼそりとつぶやいた。

「次のビラのタイトルは『英雄ライオ、婚約初日に不倫疑惑！　被害者女性激白！』とか考えてるんですが、いかがでしょうか？」

「指紋がなくなるまで握手させていただきます！」

「はいはい！　あたしもライオと握手したいんだけど、整理券はどこでもらえるの！」

「リアーシュはちょっと後ろに下がっててくれ！」

なにげに整理券番号一番の人が、差しだそうとしてるし！

「ちょっと、セリン、マズいわよ」

ミージュがセリンに耳打ちする。

「なんですか、商売の邪魔です」

「邪魔もするわ。こんなライオがチヤホヤされちゃう状況、どうぞ呪いの発作を起こしてくださいって言ってるようなもんよ」

まだ宵（よい）の口（くち）とはいえ、陽は沈み窓の外は暗い。

ミージュに毒を抜いてもらった時のことを考えれば、発作が起きる可能性は充分にあり得た。

「あっ……！」

セリンは赤い頭巾の中に手を突っこむと、算盤をとりだしてパチパチと弾きはじめる。

「マズいマズいマズいマズいマズい……これは返金対応案件です！　迅速な謝罪、信頼回復のための粗品の準備、あびゃあああああ、赤字だぁぁぁぁっ！」

「ここはわたしに任せなさい。えー、コホン……ここにいる我が愚妹リアーシュが、ライオが女の人とも握手しちゃうとヤキモチを妬いてしまうので、握手会は中止です」

「「「ヤキモチを妬いちゃうのか……なら仕方ないな」」」

貴族主義の豚ども（セリン評）は、物分かりがよかった。

「ちょ！　お姉さまったら、なに勝手なことを言ってるのよ！　あたし、別にライオが誰と握手したって、そんなこと……べ、別に気にしたりなんてしないんだからね！」

追い打ちとばかりにリアーシュがド天然のツンデレをかまして、舞踏会場はほっこりした空気に包まれる。

「ミージュさまぁ！」

上手くその場を収めたダークハイエルフに、セリンは土下座して感謝の意を表した。

とにもかくにも大騒ぎにならなくてよかった。

俺がほっと安堵の息をこぼすと、不意に、うなじがざわつくような殺気を感じ取る。

「――っ！」

ふり返ると、黄金の髪と先の尖ったエルフ耳が目に飛びこんできた。見覚えのある男だ。

「ライオ＝グラード……貴様、こんなところでなにをしているんだ？」

エルフの男は、怒りに震える声で俺の名を呼ぶ。

「あ、そうか！　あんたは妖精郷で俺に突っかかってきたシューランさんの衛兵の……」

名前は思い出せない。

「ムゥラよ」

呆れた声でリアーシュが教えてくれる。そういえばそんな名前だった。

「貴様は……！　低俗なヒト族の分際で、どこまでも無礼な男だな」

ムゥラはこめかみに青筋を立てて、俺に詰めよる。腰に剣が差してあれば、間違いなく柄に手をかけていたであろう形相だ。

「たしかにライオも礼を失したけど、あんたも大概よムゥラ」

「リアーシュ!?」

「ライオはあたしの婚約者なのよ。そこらのヒトと同じようにライオを扱うことは、あたし、ひいては妖精王シューランへの不敬になるわ」

ハイエルフ・プリンセスの叱責に、ムゥラは反駁する。

「バカな、ヒト族がハイエルフの婚約者になるなど、認めるわけにはいかない」

「それを決める立場にあなたはいないわ。ライオを認めたのは、他ならぬあたしよ」

「姫……いや、リアーシュ。一度じっくり話し合おう。本来ならば、君の隣に立っていたのは私だったはずだ」

ムゥラがリアーシュに手を伸ばしたのを、今度は俺があいだに入ってさえぎった。

「下がれライオ＝グラード。エルフの問題に、首を突っこんでくるな」

「勝手にエルフの問題にしたのはおまえだ。英雄道大原則ひとつ、いやがるレディに無理強いをする男に容赦はしない。すぐに出ていけ」

ムゥラは口惜しそうに手を引っこめた。

先日のやり取りで、腕力で俺にかなわないことを思い知ったのだろう。

「リアーシュ、君は騙されている。私は何度でも忠告するからな」

捨てゼリフを吐いて、ムゥラは舞踏会場を出ていった。

「ライオ以外の男に気安く呼び捨てにされたくないわね……べー、だ！」

「ムゥラのヤツは、どうしてこんな場所にいたんだ？」

「ヴィースの後任兼、事後処理でしょーね。復興のために一時的に妖精郷に戻ってたけど、もともとムゥラはヴィースと同じ部族で助手的な立場だったのよ」

さすがプリンセス、大雑把なようでいて、妖精郷の事情にはきちんと通じている。

「だからあんなに俺に突っかかってくるのか……」

「たんに、エルフ特有の差別主義だと思うけどねぇ」

俺にだけ聞こえる声で、ミージュがささやいた。

周囲を見まわしても彼女の姿はなく、着ていたドレスや下着、腕輪などが床に落ちている。

「手っ取り早く情報にありつけるかもだし、わたしはムゥラを追うわ。あとはよろしくね」

傍に感じていたミージュの気配が離れていくのがわかった。

どうやら、あのいざこざの最中に素っ裸になって透明化の魔法を使ったらしい。

相変わらず肝が据わっているというか、パンツを脱ぐことにためらいがないというか。

「あれ、お姉さまは？　なんか今、気配を感じたけど……」

「さ、さぁ？　どっかで酒でも飲んでるんじゃないか？」

俺はすばやくミージュのドレスと下着を回収し、事態を把握して俺の後ろにまわりこんでいたセリンに渡した。

よし、リアーシュはミージュを探していて、気づかなかった。

そんな折、舞踏会場にゆったりとしたハープと金管楽器の音色が響きだす。

出席者たちは思い思いの相手とペアになって、ゆったりとしたダンスを踊りだした。

ミージュから意識を逸らすチャンスと、俺はリアーシュを誘うことにする。

「一曲お付き合い頂けませんか、プリンセス？」

「かっこつけるのはいいけど、ライオはこういう場所の踊りは知らないんじゃない？」

リアーシュは意地悪な笑みを浮かべて、差しだした俺の手を握りかえした。

目論見どおりに話が進んでガッツポーズをとりたいところだが、彼女の指摘は正しく、俺は社交ダンスを踊ったことなどなかった。

「しょうがないわね。ここはライオのお姉ちゃんになって、教えてあげるわ」

「先に謝っとく。足踏んだらごめん」

「ふふーん、一流のダンサーはね、素人に足を踏ませるような下手なステップは踏まないの」

リアーシュは得意げに笑うと、腰に手をまわして身を寄せてくる。

ふにょん、と彼女の豊かな胸が俺に押しつけられた。

や、柔らか……！

「硬くならないで。こんなはしたないドレスでもあたしが着たら、ライオは嬉しいんでしょ？」

「はしたなくなんかない。とってもきれいで似合ってるよ……」

しかし、少し目線を下げると胸の谷間を間近に拝むことができるため、俺の視線は自ずとそこに吸いこまれてしまう。

「どこ見てるのよ」

「あだぁっ！」

足を踏まれることはなくても、俺の足を踏むことはできるらしい。

「あたしの動きに集中しなさい。ハイエルフ・プリンセスが、鼻の下を伸ばした猿と踊ってたって噂されたらいやなんだから」

俺はうなずき、リアーシュのステップに合わせて動く。

はじめは、大好きな女の子の温もりを感じながらダンスに集中なんてできるかと考えていたが、リアーシュのリードは巧みで、じょじょに呼吸を合わせる喜びが追いついてきた。

会話をはさむ余裕も出てくる。

「そういえば、本当だったのか？」

「なにが？」

「さっきムゥラが、本来ならあいつがリアーシュの隣に立ってるはずだった……とか、言ってたろ。それってつまり、俺が来る前の婚約者は……」

「妖精郷のハイエルフの数はもうほとんどいないからね。順番的にはそうなってたわ。けど、《ヴィースの叛乱》でムゥラの一族の地位はどん底状態だし、現状だと妄言でしかないわよ」

リアーシュは薄緑色の瞳で俺を覗きこみ、にやりと笑う。

「もしかして、妬いたの？」

「どっちかっていうと安心したかな？　ムゥラが相手なら、俺のほうがずっとリアーシュにふさわしいって、胸張れるから」

仮に今、俺の心に引け目があったとしてもだ。

「なに馬鹿なこと言ってるの。どっちが、なんてないわ。こんな風にあたしに触れることを許す相手は、ライオだけなんだから」

　音楽がとまり、一斉に拍手が巻き起こる。

　なにごとかと周囲を見渡すと、舞踏会の参加者が俺たちが踊るさまを見て涙ぐみながら円を作っていた。

「素晴らしい……なんて美しいんだ……！」

「ぶらぼぅ……！　今日の夜のことを決して忘れないだろう」

「娘にいい土産話ができた……ハイエルフと英雄に乾杯！」

　口々に称賛の言葉をかけられる。

「おいおい、見世物じゃねぇぞ……」

「しっ、ライオさん！　余計なことを言わないでください！」

　セリンがサッと俺たちの前に大きな平皿を置くと、貴族たちはものすごい勢いでそこに金を投げこんでいく。

「やめないか……！」

「ふふ、まぁハイエルフ・プリンセスと邪竜殺しの英雄のダンスを近くで見られたんだから、これくらいは当然よね。どやぁ！」

リアーシュも調子に乗っちゃってるし……。

この人らにとってははした金なんだろうし、ハスキンの村の復興に充てられると思えば、気に病むこともないか。

その後、リアーシュはハープを弾いてみせたり、水精霊の力を使って水芸をしてみせたりして舞踏会に参加している貴族たちをもてなした。

人見知りのリアーシュからは考えられないような大盤振る舞いのサービスだったが、貴族たちの視線を見て、俺は彼女の意図に気づいた。

誰もがリアーシュに恋をする一方で、そんな彼女の婚約者である俺に向けられる羨望。

リアーシュは、俺を持ち上げてくれているのだ。

「こりゃ、こっちもなにかしらの余興を提供して、デキる男っぷりを見せなきゃな」

俺は壁に飾られていた細剣をとり、ちゃんと刃が落としてあるのを確認してから、それを頭上にかざした。

「誰か、この俺と腕試しをしてみたい人はいないか？」

会場が色めき立つ。

「もちろん手は抜くから、安心して全力で一本取りに来ていいぞ」

声を張って挑発すると、会場内の男たちは顔を見合わせてお互いを牽制しはじめた。

ご婦人方はそんな様子を見てニヤニヤしている。

野蛮だと総スカンを食らう心配もあったが、みなこの空気を楽しんでくれているようだ。

「ボクに挑戦させてくれませんか？」

ざわめく一団の中から人影が飛びだしてくる。

栗色の髪に碧い瞳をした中性的な顔だちの、まだ十六、七の少年だ。

ひときわ目立つ豪華な衣装に身を包み、その頭には黄金の王冠を載せている。

「い、いけません殿下！」

「心配いらないよ婆や。ライオさんは手加減してくれるって言ってる」

メイド服の老女を制止して、少年は不敵な笑みを浮かべた。

傍に立っていたセリンが、俺に耳打ちする。

「あの右目の泣きぼくろは、現メリオス王のご子息、フィリオス王太子です」

彼が出てきた途端、俺たちを取り巻く観衆から黄色い声が上がった。

男の俺の目にも魅力的に映る美形である。さぞかしご婦人方に人気があるのだろう。

「ライオ、どうするの？」

「王太子ですからね……ケガをさせてしまったら禁固刑ではすまされませんよ」

リアーシュは肩をすくめ、セリンは首を切るジェスチャーをした。

「心配はいりませんよ、ライオさん。ボクが望んですることなんですから、顔に傷がついたって、誰にも口出しはさせません」

フィリオス殿下は、俺に細剣を投げ渡すように手を振ってみせる。

そうは言ってもなぁ……まさか王族が出てくるなんて……。

「我が国の英雄であるならば、エイジャ＝ジャンプの名著『英雄道大原則』はお読みではありませんか？　英雄道大原則ひとつ、英雄たるもの、男子から挑戦を受けた時は――」

「――いかなる場合でも、応えねばならない」

俺とフィリオス殿下は、にやりと笑みを交わした。

こんなところで、まさか同志と出会えるとは……！

もはや言葉は必要なく、俺はフィリオス殿下に細剣を投げ渡す。

「これだから男って……」

「女子からの挑戦は受けなくていいって言うんですかね？」

後ろでリアーシュとセリンが頭を抱えているが、聞こえないふりをした。

「手加減するって言ったからな、どこからでも打ちこんできていいぞ」

俺は細剣を手で弄び（もてあそび）ながら、両腕を広げてみせる。

「では、お言葉に甘えて――」

フィリオス殿下は、身体を横向きにして、片手で剣をかまえた。

さまになってるな……。

戦場で戦い方を学んだ俺は、剣術の型には詳しくない。それでも殿下がまとう迫力が、一朝

一夕の鍛錬で身につくものでないことはわかった。

「いきます」

フィリオス殿下は左肩から向かってきて、右手の細剣を突きだす。

腰のひねりも加わった刺突は、俺の予想よりもずっと速く、紙一重の回避を余儀なくされた。

油断したこちらに対し、殿下は剣先を引いて、流れるような追撃に移る。

マズい！　ムゥラの時みたいに華麗に相手の剣をはじき飛ばしてケリをつけようと思っていたけど、そんな生ぬるい相手ではない。

リアーシュに対抗すべく、調子に乗ったことを後悔した。そもそも実戦剣術しか知らない俺は、本気でぶつかってくるやり手に対し、傷つけないように剣を振る術など持っていない。

仕方ない……俺は腹をくくって、再び鋭い刺突をくりだすフィリオス殿下に足を出した。

俺の蹴りは、剣先が届くよりも速く相手のみぞおちを捉え、殿下の身体を後方の人垣まで弾き飛ばす。

会場は大騒ぎになった。

「英雄が王太子を足蹴にしたぞ！」とみなが口々に言い立てる。

やっぱり、こうなっちゃうよなぁ……。

俺は急いで殿下のもとへ駆けより、彼を抱き起こした。

安否を確認すべく声をかけると、彼は胸を押さえながら、力なく笑う。

「やはり、実際の戦場で戦ってきた人に、宮廷剣術は通用しませんね」

「申し訳ありません……その、殿下が思っていたよりもずっと強くて、とっさに……」

殿下が起き上がると、俺はすぐさまその場に跪いた。

「ライオさん、短いご縁でしたね……ちなみにどのような立場になられようと、あの件に関して泣き寝入りはしませんから。ご安心ください、割のいい坑道を紹介しますよ」

セリンが背後でささやく。切り替え早いっすね。

「まだよ、ここにいる全員をどうにかすれば、なんとかなるわ……！」

リアーシュも、どうにかってどうするつもりなんだ……。

「頭を上げてください……」

跪く俺に、殿下は優しい声をかけてくれた。

「ライオさんが足を出したことは、ボクにとっての勲章です。今の件に関して、ボクはもちろん他の誰にもあなたを咎めさせません。それは、ボクの名誉にもかかわることです」

フィリオス殿下が手を差しだしてくれる。

俺はありがたく、その手を掴んだ。

「英雄ライオの武勇に拍手を！」

「そ、それを言うならフィリオス殿下の御慈悲に拍手では!?」

俺たちを囲う貴族たちがワッと称賛の声を上げて、再び会場内に拍手の嵐が起こった。

「ライオさん、近いうちにボクに稽古をつけてくれませんか？」

「いや……俺は、足を出すような行儀の悪い剣術しか知らないので……」

「いざという時に役に立つのは、そっちですよ。あなたの強さに感服しました」

握手を求められて、握り返す。

もはや俺に非難がましげな視線を送る者は、一人もいなかった。

シーン3　思わぬ手がかり

フィリオス殿下は、「大事があるといけない」とメイド服の婆やさんに連れられ、舞踏会場を出ていった。

「理想の王子さまって感じだったわね」

「ああ……立派な為政者（いせいしゃ）になりそうだな」

最後に剣術を教えてくれって言ったのも、非難の矛先が俺に向かないようにするためだろう。

頭が上がらない借りを作ってしまった。

「ちょっと、疲れたわね」

「お疲れさん……外の空気を吸おうか」

俺とリアーシュは、舞踏会場の外のテラスに出た。

優しい夜の風が、前髪を揺らす。

王宮の塀と堀のむこう側に森に囲われた大きな湖を臨むことができ、黒々とした湖面には星空と欠けた月が映っていた。

ポロポロとリュートを爪弾く音がして、俺は先客がいることに気づいた。

「わふっ」とリアーシュが俺の後ろに隠れる。人見知りの彼女は、俺と二人っきりだと、油断していたんだろう。

リュートを抱えた男は俺たちを見て、人のよさそうな笑顔を作った。

「これはこれは……英雄殿とハイエルフ・プリンセスさま……先ほどは大変素晴らしいものを見せていただきました。私はこの王宮の宮廷詩人を務めるサウンと申します」

サウンと名乗った詩人が握手を求めてきたので、俺はそれに応える。

「もしお邪魔でなければ、お二人の恋物語や邪竜退治などについて、話をお聞かせ願えないでしょうか？　もちろん、相応の報酬は支払いますので」

傭兵団にいた頃からこういう話を持ちかけられることはあり、俺は小遣い稼ぎによく引き受けるほうだった。勝手に改変するし、自分たちが命がけでやっていることを面白おかしく話されること自体を嫌がる仲間もいたが、傭兵団の名前を売るのに役立つし、稼ぎが増えることは悪いことではないと団長も見逃してくれていた。

とはいえ、今は蓄えに余裕もあるし、せっかくリアーシュと二人っきりになれたのを邪魔したヤツに付き合う義理もない。

「すまん、今は遠慮してもらえるか？　連れも疲れてるみたいだし」

「疲れてないわよ、別に」

俺の後ろに隠れていたリアーシュが、お姫さまモードにスイッチを切り替えて出てくる。

「いいんじゃない、話してあげても。あたしはライオがちゃんとハイエルフ・プリンセスにふさわしい人だって、広まって欲しいし」

「リアーシュ……」

「いーい？　ライオはね、男の中の男、英雄の中の英雄なのよ。そりゃ、戦闘力はまだまだこのあたしに及ばないし欠点もあるけどね、ハイエルフであるこのあたしを将来的に一人にしないために不老不死になる……そんな風に考えてくれる人なの」

照れもせずに宮廷詩人サウンにのろけまくるリアーシュ。

横で聞いているこっちが、恥ずかしくなってくる。

「なるほど、やはり愛し合うハイエルフとヒト族の最大の障害は、寿命の違いなのですね……英雄ライオと魔王ヴィースが同じ悩みを抱えていたとは、興味深い」

俺はサウンの言葉に耳を疑った。

同じ悩みを抱えていたって、それはつまり……。

「どういうことだ？　ハイエルフのヴィースには、ヒト族の恋人がいたのか？」

「ご、ご存じなかったのですか？　たしかに、彼らは秘密にしていましたが……」

「あんた、ヴィースと仲が良かったのか？」

俺が詰めよると、詩人の男はびくりと肩を震わせた。

謀叛人と仲が良かったのか、と尋ねられて怯えるのはわかる。

俺は「取って食うつもりはない」と愛想笑いをして、先をうながした。

「な、仲が良かったといいますか……たまたま彼が、その、ロゼと逢い引きしているところを見てしまいまして」

「ロゼ？」

「この城の宮廷魔術師です。私の幼なじみで、私がこの王宮で贔屓にして頂いたのも、彼女のおかげなんです」

宮廷魔術師が恋人……！

ヴィースとヒト族の黒魔術とを結びつける繋がりが現れたことに、俺は興奮した。

「そのロゼは、今どこに」

「行方不明なんです。その、ちょうど、ヴィースが邪竜を連れて暴れだした頃から……」

ヴィースの恋人にして、宮廷魔術師のロゼ……ヤツを討伐する最中に、それらしい人影を見たことはなかった。

　隣のリアーシュは、ヴィースたちについて質問攻めにする俺をぽかんと見つめているが、今ここで追及の手を休めるわけにはいかなかった。

「もっと、その二人のことで、知ってることはないか？」

「え、いや……うーんと、その……二人は、愛し合っていて……」

「俺とリアーシュの冒険のことなら、あとでいくらでも話してやる」

　歯切れが悪くなったサウンに、強く迫る。

　十数えるほど迷ってから、彼はようやく口を開いた。

「二人は愛し合ってて、けれどそのことを妖精郷に反対されていたようです」

　サウンは、ちらちらとリアーシュのほうを窺う。

「あたし、聞いてないわよ」

　あのシューランさんのことだ。人とハイエルフが恋人同士になるなんて、娘には聞かせたがらないだろうから、情報を遮断していた可能性がある。

「私は、ヴィースから相談を受けたんです。ヒト族であるロゼの寿命を、ハイエルフである自分に近づける方法はないだろうかって……」

「なるほど、それでさっきの感想に繋がるわけか」

　リアーシュも改めて驚嘆している。

「気分のいい話じゃないわね……ヴィースもあたしたちと同じことをしてたなんて」

ミージュも不老不死の方法を探していたというし、愛する人と一緒に歳をとりたい、愛する人を残して死にたくないというのは、誰にでもある感情なんだろう。

「ところであんたは、不老不死になる方法を知ってるの？」

リアーシュは拳を握りしめてサウンに詰めよった。

「あたしたち、人魚の肉を求めてメリオスにきたんだけど！」

「あ、ああ……人魚の肉を食べると不老不死になれるというヤツですね。今は夜で見えませんが、あの森を流れる川を下っていった先の海には、本当にいるそうですよ」

宮廷詩人は塀のむこう側に広がる森を指さした。

「行きましょう、ライオ！」

「今から!?　準備も必要だろうし、ぶっちゃけ、人魚を食うのは気が進まないんだが……」

「人魚の肉以外にも、不老不死になる伝承はいくつかありますよ。ユニコーンの角や、肉体を乗り換えることで実質的に不老不死を得た古代の魔術師の魔法、七つ集めたら願い事をなんでも叶えてくれる宝玉……等々」

サウンは饒舌に話しだす。まるで話題がヴィースから逸れたのを歓迎するようだった。

「それは、ヴィースにも教えているんだよな」

話を戻そうとすると、宮廷詩人は「え、ええ……」と曖昧にうなずく。

「魔術師カップルなのでやはり古代魔術にも興味があったようですが……二人が一番熱心に調

べていたのは、この地に伝わる言い伝えでした。雲に隠された天空の神殿にある愛と虹の男神ルィーカのペアリングは、愛しあう夫婦に永遠の命を授けると言われていて……」

「その話、聞いたことあるわ。娘ゲルダと愛しあった男神ルィーカ……けど、ゲルダは心変わりをして破局したのよね」

リアーシュの言葉に、サウンはうなずく。

「ルィーカも寿命が違いすぎるゲルダと末永く添いとげるためにそのペアリングを作ったそうですが、ゲルダは心変わりをし、地上では永遠の命を与える指輪を巡って争いが起きました。ルィーカは争う者たちを石に変え、ペアリングは天空神殿に封印。彼が流した涙は、ここから見えるあのルゥイ湖となり、男神は哀しみの中、大気に溶けたという……」

サウンは最後のほうはノリノリで、腕に抱えたリュートをポロポロ鳴らしながら語った。

「二人が熱心に調べてたってことは、それだけ信憑性が高いってことかしら？　神が作ったペアリング……あたしたちにぴったりかもしれないわね」

よそよそしい宮廷詩人の態度が気になったが、リアーシュの興味がルィーカのペアリングに移って人魚の肉を食べないですむのはありがたいので、俺はうなずいた。

正直な感想としては、片方が心変わりして封印された婚約指輪とか、ちょっと生々しくて気は進まないのだが……。

「その指輪がある天空神殿へ行く方法を、あなたは知らないの？」

リアーシュの問いかけに、サウンはうなずいた。

「二人が興味を持ってた古代魔術ってのは、他には……」

「申し訳ありません。魔術に関しては門外漢でして」

「肉体を乗り換えて手に入れる不老不死なんて興味ないわ。それよりもペアリングか、人魚の肉よ！」

より明確な手がかりを手にして興奮するリアーシュ。

隣に彼女がいることもあり、俺はこれ以上の追及は断念した。

浮気の呪いのことがリアーシュにバレてしまったら元も子もないし、サウンが言うとおり、彼が魔術に関して詳しいようには思えない。

俺たちは、宮廷詩人の求めに応じてヴィース討伐の冒険譚について話した。

夜は更けて舞踏会は終わり、俺たちはその日、王宮の貴賓室に泊まった。

シーン4　消えた王子を追え

「なるほど、行方不明になった宮廷魔術師のロゼが怪しいのね……」

「ああ……詩人のサウンってやつの話だ。ロゼの幼なじみだったらしい」

翌朝、日が昇ってきてから部屋を訪ねてきたミージュに、俺は昨夜得た情報を話した。

「ヴィースがヒト族の女と恋仲にあって、妖精郷に反対されていた、か……」

「叛乱を起こした理由って、それだったのか？」

結局最後まで、あいつは妖精郷を襲った動機を語ることはなかった。

「可能性はあるけど、しでかしたことに比べて、釣り合いがとれない気がするわね」

ヴィースと邪竜が引き起こした被害は甚大だ。妖精郷の聖域は焼かれ、さらに王都の周辺の村々もいくつか地図から消えた。犠牲者の数も二桁では足りない。

「ミージュは昨日、ムゥラのあとを追って、なにかわからなかったのか？」

「特に怪しいところはなかったのよね。強いてあげるとしたら、思いつめたように『ヴィースさま、なぜ……』ってため息を五回ぐらいこぼしてたわ」

「五回って、多いだろ。それって、えっと……」

「うーん……ムゥラはヴィースに並々ならぬ感情を抱いていた可能性があるわね」

並々ならぬ感情か……まぁ、俺は個々人の恋愛観は尊重するし、自由であれと思うが。

「ちなみに、種族として数が足りない妖精郷では、タブーとされているわ」

「俺の呪いの出所を探るはずが、変な方向に話が転がりだしたな」

コンコンと、部屋にノックの音が響く。

「ライオ、まだ寝てるの？　まったくしょうがない寝ぼすけね。このリアーシュさまが、起こしに来てあげたわ――」

　部屋の扉を開けて、ニヤついたリアーシュが入ってくる。

　彼女の薄緑色の瞳が、俺のすぐ隣に立つミージュを見た。

「なんでお姉さまがいるのよ」

「あら、いたらダメ？」

「いいわけないでしょ。ライオを起こすのは、婚約者のあたしの役目じゃない！」

　ミージュに起こされる前から、起きてたんだけどな……。

「わたしはお邪魔みたいだから、クールに去るわね。今日はロゼについて調べてくるわ」

　ミージュがリアーシュには聞こえないよう、俺にささやく。

「連日悪いな」

「気にしないで、一糸まとわぬ姿で城の中を闊歩するのって、ドキドキするし」

　そうか……いいようにしてくれ。

「ふ、二人とも近い！　なにコソコソ話してるのよ！」

「わたしは調べ物をしてくるから、ライオはリアーシュと上手くやりなさいって言ったのよ」

「な、う、上手くって……」

　なにを想像したのか、リアーシュの頬が朱色に染まる。

「あたしはお姉さまみたいに、婚前ではしたないことなんか、しないわ」

「温泉でちゃんとお膳立てしてあげたのに、どうして最後まで詰め切れないのかしらね」

「うううううるさいわよ！　あっちいってて、もう！」

「はいはい、じゃあね～」

リアーシュに追い払われ、ミージュが部屋を出ていく。

俺と二人きりになると、リアーシュは切なげなため息をこぼした。

「まったく、お姉さまったら……なにも知らないくせして……」

そうだ……ミージュは知らない。リアーシュはあの温泉で、最後まで行こうとしてくれたのだ。それを台無しにしたのは、俺だ……。

「リアーシュ、その……」

「英雄さま、どうかお力をお貸し下さい！」

俺の言葉をさえぎる大声とともに、初老の女性が部屋に飛びこんできた。

予期せぬ訪問者に心臓が飛び出しかけるのをこらえる。

「フィリオス殿下が、フィリオス殿下が！」

慌てふためく女性は、昨夜、舞踏会でフィリオス殿下と一緒にいた婆やさんだった。

「落ち着いてください、婆やさん。フィリオス殿下に、なにがあったんですか？」

「殿下が、行方不明になってしまったんです！」

英雄道大原則ひとつ、困っている人を助けるのに理由はいらない。

火急の事態ということで俺たちはセリンにも声をかけ、捜索隊に加わることにした。（宮廷魔術師ロゼについて調べてくると言っていたミージュは、透明化の魔法をすでに使っているのか、どこにいるのかわからなかった）。

「こちらが、フィリオス殿下が剣の稽古をしていた場所でございます」

案内されたのは、城壁と厩舎にはさまれた見通しの悪いスポットだった。

婆やさんの話によると、殿下は毎朝ここで、汗だくになるまで剣の稽古をするらしい。

「どうしてフィリオス殿下は、こんな庭の隅で稽古をしているんですか……？」

「それは……」

婆やさんが、答えに窮する。

言えないことなのだろうか？　しかし、婆やさんが殿下の捜索に必死なのも伝わってくる。

今この時には考慮しなくていい問題と判断して、つっこむのはやめた。

稽古場にはさらに、地下へ続く跳ね上げ式の扉があった。

「この跳ね上げ扉……普段は隠されていたようですね。非常時の脱出路ですか？」

セリンの見立ては正しく、この下には地下水路がとおっていて、メリオス王宮の南西部の森を流れる川にまでにつながっているらしい。

婆やさんが王子の様子を見に来た時、彼の姿はなく、跳ね上げ扉が開いていたという。

「城の中でも限られたものしか知らないはずの抜け道なのですが……なにぶん昔からあるものなので、どこかで情報が漏れたのかも知れません」

すでに王宮の衛兵たちがここから何人か出発したそうだが、城外の捜索にあてる人員がまだ足りないため、俺たちにも手を貸して欲しい、とのことだった。

さっそく隠し扉から地下通路へ降りて、王子捜索へ出発する。

薄暗い水路をセリンがランプで照らしだすと、リアーシュが声を上げた。

「待って、ここになにか落ちてるわ」

ハイエルフ・プリンセスが拾いあげたのは、小指の爪ほどの透明な欠片だった。

「なにかしらこれ……光を当てると、七色に光るわ……」

「あ！　これって、人魚の鱗ではないでしょうか？　以前、獣人の商人が美容にいいと取り扱っていたのを覚えています」

セリンの言葉に、俺とリアーシュは顔を見合わせた。

「人魚……本当にいたのか……！」

「これはチャンスよ！　人魚がむこうから来てくれるなんて、願ったり叶ったりだわ」

「人魚がフィリオス殿下をさらったということなんでしょうか？」

リアーシュとは対照的に、セリンはにわかには納得できない様子だ。

「昔から人魚といったら王子に憧れるものじゃない。最終的に泡になるやつ」

人魚が王子に恋をして、声と引き替えに足をもらうというおとぎ話は俺も知っているが、そんな理由でさらわれたんじゃ、たまらねーな……。

「とりあえず追ってみよう、この水路の先にいる可能性は高い」

「ライオ、あーん」

リアーシュが人魚の鱗と思しきものを、口元に持ってくる。

「……落ちていたものを食べるのはやめよう」

俺は切実に告げた。


俺たちは地下水路を道なりに辿って城壁の下をくぐり、水路の終点である川に到着する。

「結構大きな川だな。木々に囲まれて空気も美味いし、釣りをするにはいい場所だ」

幅は十五メトルほどもあり、深さは真ん中のところで俺の膝くらいまであるだろう。

水は透きとおり、流れの速い川面はチラチラと陽光を反射する。

「ライオさん、あっちで誰か倒れてますよ」

セリンが指さした先、川縁(かわべり)に二人の男が倒れていた。

二人ともメリオス軍の鎧を着ていて、先に出発した捜索隊であることがわかる。

「息はあるな……っていうか、寝ているだけか」

「人魚は、美しい歌声で船員を惑わせ、船を座礁させるって聞くわね」

「おいおい、マジで犯人は人魚だってのかよ……」

人魚が犯人である可能性が現実味を帯びてきて、俺は息をのんだ。

これはまさか……本当に俺が人魚を食わせられる流れになるのでは……！

俺が戦々恐々としている横で、リアーシュが大声を張りあげる。

「出てきなさい人魚！　このリアーシュさまの召喚に応じないのなら、メレンゲになるまで泡立ててからライオに食べさせるわよ！」

「リアーシュさま、このセリンめが人魚を捕獲した際には、鱗やヒレ、髪など金目になりそうな部位をいただけないでしょうか？」

「ん？　まぁ肉がついてない部位は好きなようにしていいわよ！」

「さっすが〜、リアーシュさまは話がわかるッ！」

おだてられて「どやぁ！」と胸を張るリアーシュ。

ナチュラルボーン魔王と腹黒商人が結託してしまった！

「さぁさぁ、二目と見られない姿となってからメレンゲで食されるか、大人しく出てきて美しい活け作りで食されるか、二つにひとつ、選ぶのよ！」

リアーシュが声高に脅迫すると、川の上流にある岩陰から、かん高い悲鳴が聞こえてきた。

「ひぃいいい！　人魚として尊厳を奪われた挙げ句にメレンゲにされるなんていやですわぁっ」

「リアーシュってたしか、風のウワサに聞く、ハイエルフ・プリンセスだろ！　邪竜を連れて暴れだしたヴィースを討伐したとかっていう！　も、もしかして……！」

「こんなことになったのもアリィの歌が下手だからですわ！　男二人寝かしつけるのに何小節歌ってますの」

「だったらエルゥが歌えばよかったろ！」

「ウォーター・トルネード！」

リアーシュが漏れ聞こえてくる二つの声に業を煮やして呪文を唱える。

その途端、川の水が水竜巻となって、岩陰に隠れた人魚たちを天空に放り上げた。

「うぎゃあああああああああああ」

狙い澄ましたように、三つの影が俺たちのもとへと落下してくる。

「ライオ」

「ああ」

俺は三つのうちヒトのシルエットをしたものを両腕でキャッチした。

中性的な顔だちに右目の泣きぼくろ。間違いなく、行方不明のフィリオス殿下だった。

さらに、残りの二つが足元に打ち上げられる。

上半身は若い女性、下半身は魚のそれをした、紛れもない人魚だ。

波打つ髪はそれぞれ赤と青で、胸には貝殻のブラをつけている。

「結構大きいわね。お刺身、叩き、焼き、煮込み、フライ、それとも本当にメレンゲにするか……どうやって食べるかはライオに任せるわ」

「いや、とりあえず話を聞こう……どっちがアリィで、どっちがエルゥだ？」

赤毛の気の強そうな人魚がアリィで、青毛の澄まし顔の人魚がエルゥといった。

シーン5　人魚の生存戦略

「人魚……初めて見ました」

リアーシュによって正座をさせられた人魚の二人組、アリィとエルゥを前にして、セリンがため息をこぼした。

情けない格好をさせられていても、物語や伝承で伝え聞く幻獣が目の前に現れると、俺だって胸が高鳴ってしまう。とはいえ、こんな事態で感動している暇はない。

「なんで王子をさらうなんてことをしたんだ？　いい加減に答えろよ」

人魚たちは沈黙を守ったまま、なにも言わない。

「どうだっていいじゃない。王子さまは助けたんだし、どうやって食べるかを考えましょ」

リアーシュはガチで俺に人魚を食べさせるつもりだ。

上半身だけとはいえ、人の形をしたモノを食うのにはさすがに抵抗がある。

「なぁ、おまえら頼むよ……変な意地張ってないで同情の余地があることを示してくれ」

俺はしゃがみ、うなだれる人魚たちの顔を覗きこんだ。

赤毛の人魚アリィの唇が動いているのに気づく。

「La　La　La……」

柔らかくも美しい調べが鼓膜を震わせる。

これは聞いたものを眠りに誘う人魚の歌声……!?

「マズい！　リアーシュ、セリン、耳を塞げ！」

「スヤァ……」

「即堕ちッ!?」

リアーシュは涎を垂れ流しながら、すでに地面に突っ伏していた。

「セリンはどうだ！」

「わたしは行商人の七つ道具である耳栓を準備していたのでだいじょう――スヤァ」

セリンも仰向けに倒れて寝息を立てはじめている。

「おほほほ、お馬鹿さんですわね！　人魚の歌は耳ではなくて脳に直接響くのですわ！」

歌をうたっていない青毛の人魚エルゥが、高笑いを響かせる。

アリィの美しい歌声はいまだ響いたままで、とっさの俺の判断を鈍らせた。

ヤバい、まぶたが重く……。

「ふふ、残ったのは御しやすいヒト族の男……いいのですわよ、人魚の胸で眠っても」

俺をあざ笑うように青毛の人魚エルゥは、貝殻のブラをずらして乳房を見せつけてくる。

「海はすべての生命の母。その海より来たわたくしたちは、あなたの母も同然……さぁ坊や、おっぱいをあげますわ……母の胸で眠りなさい……」
ア、ア……お母さん……ママ……。
全身から力が抜けていき、俺はその場に膝をついた。

だめだ、負けるな……！

英雄道大原則ひとつ、英雄は精神攻撃に屈してはならない。

溶け落ちていきそうな意識を、俺は歯を食いしばって耐え抜いた。

「おまえなんかママじゃない……」

「え？」

「俺のママになってくれるのは、リアーシュだけだ！」

歌をうたう赤毛のアリィと誘惑してくる青毛のエルゥに電光石火のゲンコツを見舞う。

「あたーっ！」

「うう、殴られて舌噛んだ……これじゃあもう歌えねぇよ……」

二人の人魚は、巨大なたんこぶをこさえてその場にうずくまった。

「はぁ……か、勝った……やった……！」

人魚の誘惑に耐えて精神を消耗した俺は、弱々しくも拳を振りあげた。

見てくれたかリアーシュ、俺は誘惑に負けなかったぞ！

俺は、お前一筋だと胸を張って言うんだ！

「ムニャムニャ……ライオぉ、世界中があたしに跪いてるわぁ……もぅこの世界は、あたしたちが好きなようにしちゃっていいのよぅ……」

どういう夢を見てるんだ……本当にもぅ、ナチュラルボーン魔王だな。

「もう理由とかはいいや……王子を連れ帰って、これで一件落着ってことにしよう」

「待ってぇ！」

俺がリアーシュを起こそうとすると、赤毛の人魚アリィが足にしがみついてきた。

「お願いだ、一晩だけでいいから見逃してくれ！　一族の危機なんだよ、王子さまに危害を加えるようなことはしねぇからさっ！」

「一族の危機？」

そのワードに、俺の英雄マインドがゆれ動いた。

英雄道大原則ひとつ、困っている人は放っておいてはならない。

「ひゃぁっ……ああっ！　うそ、やだ、きちゃうっ……！」

すると、俺の足に抱きついていたアリィが突然、顔を赤くしてビクンと痙攣する。

「アリィったら、もう来ちゃったんですの？」

気の強そうな瞳を潤ませて、見上げてくる視線は熱っぽく、擦りつけられる肌の柔らかさは、ズボン越しでもはっきりとわかった。

「ど、どうした……!?」

「や、らめぇ……見るなぁ……」

「アリィ、ダメよこんな場所で！」

「むりぃ……もう、お腹パンパンれ……くりゅっ、でひゃうのぉっっっ！」

ぷしゃあっ！

人魚を人間に見立てた場合、ちょうど尻がありそうな部分から、水が噴き出す。

それと一緒に半透明の豆粒のようなものが地面に転がりでた。

魚卵だった。

「や、見ないれぇ……」

赤毛の人魚アリィは、顔も同じく真っ赤にして、嫌々をしながら恥ずかしがった。

「スケベッ！　変態！　アリィにこんな恥をかかせて！　あなたにはこの卵に子胤をかける責任がありますわ！」

「ええ……」

青毛の人魚エルゥの言葉に、俺は我が耳を疑った。

「ちょっと待ってくれよ。想像するに、つまりおまえたちがフィリオス殿下をさらったのって、産卵の時期で、卵にその、えっと……」

「セックスのためですわ！」

「セックスとは言わないだろ⁉」

だいたい、なんで産卵のために川を遡上してんだよ！　鮭かよ！

ここがおまえらの、故郷なのかよ！

俺が頭を抱えている横で、アリィは涙を流し、エルゥがそれを慰めている。

「ふぇぇ……あたしの卵がぁ……」

「諦めなさいアリィ……三秒ルールは残酷なのですわ。産卵後、三秒以内に種をかけてもらって水草の裏につけないと、卵は死ぬのです」

「エルゥ……うわーん！」

「よしよし、わたくしの胸でたんとお泣きなさい」

二人のやり取りに、俺もじょじょに冷静さを取りもどす。

つまり今のは、人間でいうところの流産ということなのだろうか……？

英雄道大原則ひとつ、ひとつの命を救うのは無限の未来を救うこと。

いろいろやらかしてくれたが、もう少し詳しく、この人魚たちの事情を聞かねばならないのかもしれない。

「改めて聞くぞ。なんで、王子をさらうようなことをしたんだ？」

「人魚は王子に憧れるものですわ。ゆえに、王子の子胤で子どもが生まれたとなれば、日頃バカにされているわたくしたちの一族の地位も向上するんですの！」

そんな理由かよ……いや人魚の郷の事情は知らないし、深く追及したくもないけど。

「まぁ、なんだ……なんであれ、小さな命が失われてしまったことは、悲しいことだよな。なにか俺に協力できることがあれば……」

「はぅう、また産まれる！」

ぷしゃ、ぴしゃあっ！

アリィが再び産気づいて（と言っていいーのかどーかわからないが……）、三粒の卵を産み落とした。

「ああ、あたしの卵がぁ……」

「落ち着きなさい、まだまだあるでしょ」

まだまだあるのか……。

「ちなみに人魚って、一度にいくつぐらい卵を産むんだ？」

人間でいうところの流産に相当するという考えは、誤りだったかもしれない。

「そ、そんなハレンチなこと、言えるわけありませんわ」

エルゥが眉尻をあげて非難する。

ハレンチなのか……そうなのかもしれないけどさ……。

「個人差にもよるけど、だいたい百個前後かな。あたしは量が多い方だから、毎月百二十個くらいでるぜ」

百二十……しかも毎月……。

「ごめん、もう帰るわ」

「「だめぇ！」」

今度はアリィとエルゥの双方から、両足に抱きつかれる。

「人魚と人魚の卵は、海岸線沿いの断崖に棲むハーピーにいつも狙われているんだ！」

「卵がハーピーに食べられないようにするには、男の人のくっさい精液をかけてもらわなきゃダメなんですわ！」

「人の精液をくっさい呼ばわりするな！」

「てか、卵を放置してたら、本当ににおいに釣られてハーピーが来ちまうぜ！」

「そういうことはもっと早く言え！」

上空から、羽音が聞こえた。

空を仰ぐと、そこには無数の半人半鳥の影が羽ばたいている。

人間の女性の頭と乳房を持った獰猛（どうもう）なる巨鳥、ハーピーだ。

モンスターはアリィとエルゥめがけて急降下してくる。

俺は腰の剣を抜いて人魚たちを庇（かば）った。

交差の瞬間、刃を走らせて、一羽のハーピーを切り払う。

「あ、あたしらのこと、守ってくれるのか？」

「放っておけないだろ。これでも英雄を自称してるんだからな」

とはいえ、ハーピーは十数羽はいる。俺一人で守り切れるか、少し自信がなかった。

水辺で無類の強さを誇るリアーシュが起きてさえくれれば、瞬殺できるんだけどな……。

「増やしすぎず減らしすぎず……地上の生き物の数の管理は、セリンに任せるわ……あんたそういうの得意でしょ……ふふふ」

リアーシュはまだ物騒な夢をお楽しみのようで、起きる気配がない。

「んん……あれ、ここは？」

期待していたハイエルフ・プリンセスの代わりにフィリオス殿下が目を覚ました。

「殿下、お目覚めになりましたか。しかし、もうしばらく姿勢を低くしていてください」

「ライオさん……この状況は……」

フィリオス殿下は、剣をかまえる俺、眠るリアーシュとセリン、怯える二人の人魚、地面に転がった魚卵、空を舞うハーピーを順々に確認する。

「もしかして人魚が子胤を欲しがってボクをさらったところを、ライオさんたちが助けに来てくれて、人魚の歌によってリアーシュさんとセリンさんが眠らされてしまったんだけど、ライオさんが踏んばってボクを取り返してくれたところに人魚たちが産卵してしまい、そのにおいに釣られてハーピーたちが襲撃してきたと、そういう状況ですか？」

「エスパーかよ」

　実は起きてたんじゃないよな？

「王族ですので、適応力は高いんです」

　俺も飲みこみは早いほうだと自負してるけど、これにはかなわない。

　――ギャ、ギャギャギャアッ！

　女の顔に似合わぬけたたましい啼き声を上げながら、ハーピーが迫る。

　俺は人魚たちに張りついて、さらに二羽のハーピーを切り落とした。

　一羽一羽は大したことはない。

　しかし、相手もバカではなかった。

　急降下すると見せかけて、俺の攻撃を誘い、すぐに上空へと飛んで逃れる。

　俺を人魚から引き離すように連携し、その隙に彼女らを狙う算段だ。

　多勢に無勢……このままだとこっちが負ける。

　手遅れにならぬ前に、俺はすばやく決断を下した。

「殿下、申し訳ありませんが剣を振るうことはできますか？」

　尋ねると、フィリオス殿下の瞳が輝いた。

「任せてください」

「殿下の体格的に俺の剣は少々重いでしょうが、人魚たちを狙って近づいてきたヤツを追い払うだけでかまいません」

俺は、手にした剣を殿下に託す。

「ライオさんの武器はどうするんですか？」

「目には目を、歯には歯を。飛んでる敵には弓矢です」

丸腰になった俺は眠りこけるリアーシュのもとに走った。

俺が離れたのを見計らい、ハーピーたちは人魚たちを強襲する。

大丈夫、殿下は戦える。俺がリアーシュの弓矢を手に入れるまで、十秒はかからない。それぐらいなら、持ちこたえてくれるはずだ。

リアーシュのもとにたどり着く。

彼女が落とした強弓を拾い、さらに腰に下げた矢筒から矢を三本抜き取る。

「ライオ、しゅきぃ……」

リアーシュの寝言。起きてる時は滅多に聞けない素直な感情表現がかわいい。かわいすぎて嬉しすぎる。

しかし今はそんな場合ではない。三本の矢を一度に弓に番えた。

フィリオス殿下が懸命に剣を振るってくれているおかげで攻めあぐねているハーピーたちに、狙いを定める。

「そこだっ！」

放たれた矢は、一発は外れてしまったものの、二羽のハーピーの胸を貫いた。

やっぱ、百発百中のリアーシュみたいにはいかないか……。

俺は嘆息するも、フィリオス殿下や人魚たちからは、割れんばかりの歓声が届いた。

「すごいです！　三本の弓を同時に放つのって、現実にできるんですね！」

「リアーシュ仕込みの闘弓術です。指は四本、手首を外に返します」

再び三本の矢を指のあいだにはさんで、一挙に飛ばす。

調子に乗ったせいか、今度は二本の矢が逸れて一羽を撃ち落とすだけに終わった。

矢筒の矢も残り少ない。ここからは一本ずつ、正確に狙っていく。

「すごいですね、ライオさん。剣だけでなく、弓矢の扱いもそんなに巧みだったなんて」

「俺の弓矢の腕前なんて、リアーシュには鼻で笑われますがね」

次々と矢で射貫かれ、残り三羽になったハーピーたちからは、あせりが感じ取れた。

撤退してくれないかな……などと淡い希望を抱くも、逆に相手はなりふり構わず全員で突っこんでくる。

俺は続けざまに三本の矢を撃ち、さらに二羽を射落とした。

「くそっ！」

最後の一羽は、脇腹のあたりに矢を受けて、なお突進してくる。

「こいつ、他よりも大きい……群れの親玉かっ！」

ボスハーピーは俺と殿下の頭上を越えて、左右の足の爪を、それぞれアリィとエルゥの下半身に食いこませた。

「「あいたーーーーーーーっ！」」

「人魚さん！」

獲物を捕らえたボスハーピーを飛び立たせまいと、殿下がその足を掴むも、巨大な翼はものともしない。

俺は強弓を捨て、ボスハーピーにぶら下がった殿下に、背後から抱きつく形でつかまった。

「ひゃうっ！」

「す、すみません殿下！」

「い、いえ……しょ、しょうがないですよね……」

「ひえーーー！　地面が遠ざかってくよーー！」

二人組の人魚アリィとエルゥに加え、俺と殿下もぶら下げているにもかかわらず、ボスハーピーは力強く飛翔する。

俺は、いつまでも殿下にしがみついているのも悪いので、彼と同じようにハーピーの足首につかまった。

敵は俺たちを振り落とそうとするが、足に捕まえた人魚たちを放したくはないらしく、大きな揺さぶりをかけてはこなかった。

「ボク、空を飛ぶのってちょっと夢だったんですよね……空が晴れてれば、もっと気持ちよかったろうになぁ」

殿下が呟いたとおり、空には今にも雨が降りそうな黒い雲が広がっている。

「この状況で余裕ですね」

「ライオさんがいてくれますから、心配はしてません」

苦笑いする殿下。強がっていただけだと悟って、唇を噛んだ。

俺たちはすでにメリオス王宮を離れて、海が見える場所まで来ている。

アリィは海岸線沿いの断崖にハーピーの巣があると言っていたから、そこに向かっているのだろう。巣には仲間がいるだろうか？　そいつらを呼ばれるのは厄介だ。

しかし地面は遠く、木々が枝葉を広げているとしても落ちるのには勇気がいる。

俺一人ならやったかもしれないけれど、殿下やアリィ、エルゥがいる状況では無理だ。

「ライオさん、どうしますか？」

「城からは離れますが、海上に出た時が好機です。剣を返してもらっていいですか」

不安げな殿下を安心させるように、俺は笑いかけた。

碧色の瞳を揺らしながら殿下はうなずき、持っていた俺の剣を手渡してくれる。

まっすぐに巣へと向かうハーピーは、いよいよ海上にまでやってきた。

深さもそれなりにありそうだ。ここなら落ちてもきっと助かるはず。

「アリィ、エルゥ、くれぐれも殿下を頼むぞ！」

俺は、握りしめた剣をハーピーの胸めがけて突き立てた。

――ぎゃああああああっ！

ボスハーピーはわめき声を上げて、捕らえていた二人の人魚を放した。

空中でのたうちまわり、足の鋭い爪を振りまわす。

「くっ！」

それは殿下の肩口を抉り、赤い鮮血が宙を舞った。

「殿下、手を離して海に落ちてください！　アリィたちが拾ってくれるはずです」

「ライオさんは⁉」

「俺はこいつにとどめを刺します！」

逃がして、巣にいるかもしれない仲間たちを連れてこられるわけにはいかない。

「わかりました、ご武運を！」

殿下はボスハーピーの足を離して海へと落ちていく。

ハーピーが鋭い蹴りをくりだすのを、俺は万が一にも殿下にあたらぬよう、腹で受ける。

爪が食いこみ、服に血がにじむも、痛みを感じている余裕はなかった。

胸に突き立てた剣を抜いて、今度はハーピーの喉に狙いを定めて刃を走らせる。

魔物は、断末魔を上げることすらかなわずに絶命した。

代わりに真っ赤な血をまき散らしながら、海へと落下していく。

「アリィでもエルゥでもいいから、頼むぜ」

俺は、ハーピーとともに、波打つ海面に叩きつけられた。

シーン6　洞窟で

海に落ちた俺を回収してくれたのは、青毛の人魚エルゥだった。

さすがに人魚だけあって泳ぎは巧みで、俺を背中に乗せながらスイスイ泳ぎ、殿下とアリィの待つ入り江近くの岩礁に運んでくれた。

そこでようやく、ハーピーの蹴りを受けた腹の痛みが襲ってくる。

「いっつ……」

「大丈夫ですか、ライオさん……？　すみません、ボクを庇ったばかりに……」

服が濡れて寒いのか、殿下は自分の身体を抱きしめるようにしていた。

「いえ……殿下こそ、肩の傷は大丈夫ですか？」

「ちょっと痛みますが、かすり傷です」

「そいつはマズいぜ。ハーピーの爪は不潔だから、すぐに海水で洗わなきゃ」

「じ、自分でできるから、大丈夫だよ……」

服を脱がせようとしてくる赤毛の人魚アリィを、殿下は断った。

「大変……もうすぐ、雨が降ってきますわ」

一方、青毛の人魚エルゥのほうが、暗くなりだした空を見上げ、深刻な声を出す。

「雨のなにが大変なんだ？」

「アリィのおバカ。水の中で暮らすわたくしたちには関係なくとも、ここには傷ついた王子さまと戦士さまがいますのよ」

「ちゃんとした傷の手当てもできてないし、身体を冷やすのはよくないな」

「仕方ありませんわ……アリィ、あなたはもう一度川を上って、眠りこけてるあのハイエルフ・プリンセスに助けを呼んできなさい」

エルゥが指示を出すと、アリィは渋面を作った。

「ええっ！　やだよ怖ぇえよ！　エルゥも来てくれよ！」

「わたくしはこのお二人が雨に濡れないよう、あっちの洞窟に運ぶ役目がありますわ」

「その役目、逆でもいーじゃん！」

そんなにリアーシュに会うのが怖いのか……たしかに、目覚めたリアーシュがいきなりなにしでかすかわからないといえばそうだけど。

役割分担はじゃんけんで決めることになり、負けたエルゥがリアーシュたちを呼びに行くことになった。

気の強そうな赤毛の人魚のアリィが、まず殿下を、それから俺を背中に乗せて泳いで、入り江の洞窟に運んでくれる。

洞窟に向かう途中、アリィは俺に礼を告げた。

「いろいろひどいコトしちまったのに、ハーピーから助けてくれて……その、ありがとな」

「困った人を救うのが英雄の役割だ」

「……あんた、かっこいいな」

泳いでいるアリィがどんな顔でそう言ったのか、彼女に担がれている俺にはわからなかった。

わからなくてよかったと、俺は感じてしまっていた。


本格的に雨が降りだすと、外は一気に暗くなった。

ハーピーとの戦闘で海に落ちてから、すでに三時間近くが経過している。

俺と殿下と赤毛の人魚アリィは、入り江の洞窟でエルゥがリアーシュたちを連れてくるのを待っていた。

洞窟内はすでに夜のような暗さで、肌寒さを覚える始末だ。

「エルゥのヤツ、遅いな」

この状況は呪いが発動する第一条件が整っているかもしれないと不安になる。

いや、大丈夫だ……この場にいるのはフィリオス殿下と人魚だけ。

俺が恋愛感情の対象になるはずがない。

「ライオさん、お腹の傷、ひどいんじゃないですか？」

そわそわしていると、殿下が心配そうに俺に声をかけてきた。

「この程度なら、どうってことありませんよ」

俺は腹を叩いて強がってみせる。

腹の傷は思いのほか深く、不衛生なハーピーの爪のせいか身体は気怠(けだる)さを覚えていた。

本来、雨風くらいであれば、俺が殿下を背負って王宮に戻っているところだ。

「すみません、その傷も、ボクを庇ったばっかりに……」

「気になさらないでください。殿下をケガさせるよりはずっといい……」

「ふふ、優しいんですね……っちゅん！」

フィリオス殿下は、随分と可愛らしいくしゃみをする。

よくよく見ると、顔が赤い。風邪を引いているのかもしれなかった。

「冷えますか？」

焚き火などで暖をとればよかったのだが、海に落ちたのと、あいにくの天候もあって火種になるものが見つけられなかった。

「いえ、大丈夫です」

殿下はそう言うが、さっきからずっと身体に腕をまわして寒そうにしている。

「こういう時、人間同士は裸になって温め合うんだろ？　あたし知ってるぜ」

「な、なに言ってるんですか！　だめですよそんなの！」

アリィの提案を、殿下は顔を真っ赤にして否定した。

「そんなに、いやですか……」

男同士だし、俺だって進んでやりたいとは思わないが、ちょっと傷ついた。

「いえっ！　ライオさんがいやなのではなく、その、むしろ——」

言葉の途中で、フィリオス殿下はふらついた。

俺は倒れかけた殿下を、すんでのところで受けとめる。

力を入れたら折れてしまいそうな、華奢な肩だった。

「ら、ライオさん……」

覗きこんだフィリオス殿下の頬は、ますます紅潮する。

「やっぱり、熱がありそうですね。冗談じゃなく、温め合ったほうがいいかもしれない」

「ふぇっ!?」

「気が進まないのはわかりますが、風邪を馬鹿にしたらいけない。体温を上げておかないと、命にかかわる可能性もあります。英雄道大原則ひとつ……いざという時は羞恥心（しゅうちしん）を捨てよ。中し訳ありません、殿下」

俺は、殿下のシャツを脱がしにかかり……ふにょん。

ふにょん、ふにょん……。

胸のあたりに、押さえつけられているけれど、たしかに存在する柔らかな感触。

「ひゃっ……」

殿下は涙目になって、身体をびくんと震わせる。

はだけたシャツの下には、幾重にも巻かれた包帯がちらりと見えた。

これは……えっと……あれ？

頭の中を閃きが走った。

毎朝汗だくになるまで剣の鍛錬をするという殿下が、どうしてあんな見通しの悪い庭の片隅を練習場所に選んでいたのか……その答えが、これだ。

汗をかいてシャツが透けてしまった場合、いろいろ不都合があるから……。

つまり、殿下は王子ではなく……王女⁉

「うわ、す、すみません！　とんだ無礼を！」

俺ははじかれるように離れて、土下座をした。

地面に額を擦りつけ、とにかく謝りたおすしかない。

「ライオさん……頭を上げてください。男だと偽り騙していたのは、ボクのほうです」

殿下は胸元を隠しながら、俺を許してくれた。

「古いしきたりなんです……二度目の満月が南中した夜に生まれた長女は国に災いをもたらすから、新たなる男子が生まれるまでは男として育てよ、なんて愚にもつかない言い伝えを、父も母も真に受けてしまって」

「ガーン！　王子さまは、実は王女さまだったのかよ！」

王子の子胤を狙ってさらおうとしていた人魚が、頭を抱えてうなだれた。

「ごめんね……ボクの本当の名前は、フィリア。歴とした女の子なん――くちゅんっ」

再びフィリオス殿下――否、フィリア王女が、可愛らしいくしゃみをする。

「……本当にちょっと、このままだとマズいかも……」

寒そうに腕をさする少女を前に、俺はなんと言ったらいいのかわからなかった。

フィリア王女はうつむいてから、困ったような上目づかいをこっちに向けてくる。

「その、ライオさん……ボク――ううん、私にはもう、隠しごとはありません。だから……お願いしても、よろしいでしょうか？」

「は、はいっ！　なんでしょう！」

「あ、温めて、ください……」

身の毛もよだつ最悪の結末が、脳裏をよぎる。

いいや、そんなはずはない。あり得ない。そんな都合のいい妄想をしちゃう自分にドン引きだ。冷静になって考えろ。フィリア王女は、俺をなんとも思ってない。身体を温める湯たんぽ代わりにしようとしているに過ぎないんだ。そうだよそうでしょう⁉

「だめ、ですか……？」

答えられずにいる俺に、王女は悲しそうに首を傾げる。

右目の下にある泣きぼくろが、一瞬、本物の涙のように見えてしまった。

「そうですよね……さっき拒否していながら、こんな勝手なお願い……それにライオさんには、リアーシュさんっていう素敵な婚約者がいるのに」

そうだ、リアーシュ！　リアーシュのことを考えよう！　リアーシュリアーシュ！

「こんなことなら、男だって思われてるほうが、よかったなぁ……」

それってどういう意味ですかァッ！

彼女がこぼした独り言を、俺は全力で聞こえなかったふりをした。

下を向き、拳を握り締め、彼女が諦めてくれるのを待つしかない。

傷ついてくれていい。俺はひどい男でいいのだ。これ以上、ふざけた呪いで事態をややこしくするくらいなら、風邪を引くくらいいなんだ。俺は——。

「うっ……はぁ、はぁ……」

フィリア王女が、倒れていた。身体を凍えさせながら、苦しそうにうめいている。

英雄道大原則……など、もはや関係なかった。

ここで彼女をそのまま捨て置くことは人の道にもとる。

大丈夫だ。自分を信じろ。肌を重ねて温め合ったって、勘違いさえしなければいいんだ。

俺は特別にフィリア王女に想われているわけじゃない。

たかが一度か二度命を救い、秘密を共有してしまったくらいで、恥ずかしいぜそんな妄想。

身にまとうものをすべて脱ぎ捨て、苦しそうにあえぐ王女を抱き上げる。

彼女の服も一枚ずつ脱がせ、縛るようにきつく巻かれていた胸の包帯も剥いだ。

大きい……リアーシュほどではないにせよ、張りのある豊かなふくらみ。

男装の下に抑圧されていたフィリア王女の女の部分そのもののような……。

いや、馬鹿野郎！　そうじゃねぇだろ！

俺は英雄ライオ＝グラード、誠の道を生きる男だ！

呪いになんか、絶対に屈しない！

シーン7　血を見る誤解　～リアーシュの視点～

頬に当たる冷たい雨で、あたしは目覚めた。

ライオたちと一緒にやってきた川辺。空は真っ黒な雲に覆われていて辺りは暗く、対照的にあたしの頭の中は真っ白になった。

なにが起こったの?

ライオがいない、人魚がいない、ついでにフィリオスっていう王子さまもいなくなってる!

極めつけと言わんばかりに、周囲には大量のハーピーの死骸……一体この場でなにが起こったのか、見当もつかず、必死で記憶の糸を手繰った。

そう、あたしとライオはこの大陸の永世統一王者となって君臨し、手際よく数多の種族を支配下に置いていった……って違う、これは夢よっ!

たしか、人魚を尋問していたら、きれいな歌声が聞こえてきて……。

あたしの目に、同じように川辺で眠るセリンと二人の衛兵が飛びこんでくる。

そうだ、あたしは人魚の歌で眠らされたんだわ!

「ちょっと、起きて、起きなさいセリン! なんで耳栓してるのに寝てるのよあんた」

「ムニャムニャ……ひゃぁん! わたしの、こんなに濡れちゃってますから、早くライオさんの……ださい……いっぱい搾りとってあげますから」

「は? ちょっとあんた、どんな夢見てんのよ!」

あたしがセリンの肩を揺さぶると、さすがに目を覚まして「ひゃわぁっ」と声を上げる。

「はれ? リアーシュさん? あれ? ライオさんは……ハッ、夢!?」

「あんたのが濡れてるとか、ライオのを搾りとるとか……どういう意味よ」

わけがわからないが、あたしの胸はざわついた。顔をずいと近づけると、セリンは真っ青になって視線を泳がせる。

「ええええ、えとえとえと、そのあの、濡れちゃってるのは潤ってるわたしのお財布で、搾りとるのはライオさんのお財布の中身という意味でして……」

ああ、まぁ、この金にがめつい商人なら、そういう夢も見そうね……。

「納得してくれそうなのを喜んでいいのか、どうなのか……」

「なんか言った？」

「あ、いえ!? そ、それよりもライオさんや、王子殿下はどこでしょうか？ それに、この大量のハーピーの死骸も……」

「一体どれだけここで眠っていたのかしら」

唇を噛み締めたその時、川の下流のほうから、聞きおぼえのある声がした。

「大変、大変、大変ですわぁ～～ッ」

ものすごい勢いで川を遡上してくるもの……それは、青毛の人魚のエルゥだった。

「あいつ、性懲りもなく現れて……きっとライオたちの手がかりを握ってるに違いないわ」

「鱗と髪と生爪を剥いで拷問にかけましょう」

「そのあとメレンゲにすることも忘れてないわよ」

あたしとセリンは視線を交わし、泳いでくる青毛の人魚に飛びかかった。

「んにゃああああああっ！　誤解ですわああああぁぁぁぁッ！　わたくしはぁ、あなた方のお仲間とぉ、王子殿下を助けるためにぃ――」

「「誰がそんなの信じるかああああっ！」」

シーン8　深まる因業

呪いは、強敵だったよ。

最初のうちは苦しげなフィリア王女を見て、こっちも変な勘違いを起こさずにすみそう……なんて考えていた。

けれど、一糸まとわぬ姿で頼られているという状況は一種の錯覚を生む。

いや、錯覚ではなかったのだから、この表現もおかしいか……。

はっきり確認をとっていたわけではないが、王女は俺と肌を重ねながら、期待していた。そうでなければ「わぁ、本当の男の人の身体ってこうなってるんですね。すごい硬い……触ってみてもいいですか？」なんて言葉が出てくるはずがない。ねえ、そうでしょう？

呪いが発動し豹変（ひょうへん）した俺を、王女は戸惑いつつも受け入れ、さらにそこに面白がってアリィも交ざってきて、種族の垣根を越えた大乱交アッスホーブラザーズ。

英雄ライオ、尻童貞、解禁！

人魚の尻って、ああなってんだ……すごかった……！　搾(しぼ)られた……！

俺の肩にもたれかかり眠っていたフィリア王女が目を覚ました。

大きな碧い瞳をしばたたかせて、下から覗きこんでくる。

「あ、ライオさん……私、寝ちゃってましたか」

「はい……いや、それよりも大丈夫ですか？　その、風邪とか傷とか、いろいろ」

「足の間とかおしりとか、まだちょっとヒリヒリしますけど……ライオさんに身体の芯から温めてもらったおかげでしょうか、寒気は吹き飛んじゃいました」

前後の穴のヴァージン・ロストをした王女殿下は、いっそ罵ってくれたほうが心に優しいと思えるくらいの、いじらしい笑みを浮かべる。

「ソレハナニヨリデス……」

「ところで、アリィの姿が見えないようですが？」

「尻に注ぎこまれたものをひり出して自身の魚卵にかけた後、その受精卵を水草に付けにいきました」

俺、今なにを口にしているんだろう……？

「やりましたね、ライオさん！　子孫が増えますね」

「ソウデスネ」

もはや俺の心は、怒ることも悲しむこともできなくなっていた。

ただギリギリとした胃の痛みだけが、俺という人間の実存を保っている……そんな哲学に逃げこんで、残りの生涯を誰ともかかわらずに山奥で過ごしたい……。

「私も、子どもができているといいなぁ……」

現実逃避する俺の横で、フィリア王女は、子胤を注ぎこまれたお腹を愛おしげにさすった。

「女の子もいいけど、やっぱりまずは私の性別を偽らなくてすむように、男の子が欲しいなって思うんです。ライオさんは、どっちがいいですか？」

投げかけられた問いの答えは、全身から噴きだす冷や汗だった。

「う、生まれるかもしれないんですか……!?」

「それは、まぁ、やることをやってしまったわけですし……」

王女殿下は口走ってから、「やだ、私ったら」と手で顔を覆った。

ごくりと生唾を呑みこむ音が、洞窟内に反響する。

俺は、最低のクズ男だ……。

「王女殿下、その、申し訳ありません……このこと、リアーシュには――」

フィリア王女の人さし指が、そっと俺の唇に添えられた。

「みなまで言わずとも、今のライオさんの顔を見れば大体の事情は把握できます」

「マジッスか……」

「王族ですので、適応力は高いんです」

茶目っ気のある笑顔でウインクをする。

「ライオさんは妖精郷の姫たるリアーシュさんの婚約者……このことが明らかになれば、我が国が培ってきた妖精郷との友情も台無しになってしまいます。そんなことはできません」

シューランさんは俺を切り捨てる口実ができて、むしろ感謝するかもしれないが……。

「もしも子どもができたとしても、ライオさんの名前は伏せることをお約束します」

「そ、そんなことをすれば、フィリア王女は……!?」

名を明かせぬ男と子どもを作ったという不名誉を背負い生きていくことになる。

そんな恥辱にこの可憐な人をさらすなど、許されるわけがない……。

「いいのです。愛した人と肌を重ねた思い出は夢となって、千の夜の闇すらも鮮やかに彩ってくれることでしょう。今日の痛みを私は生涯忘れません」

「王女殿下……どうして、そこまで、俺なんかのこと……」

「それは、私自身も驚いているのですが……昨夜の舞踏会でライオさんに足蹴にされた時……キュンときてしまって」

はい？？？

「あの、ライオさん……物は試しに、リアーシュさんも誘って、今度はみんなでしてみませんか？　あの開放感と気持ちよさを味わったら、わかってくれるような気がするんです」

「や、えっと……」

「あはぁ♪　想像しただけで、また濡れてきてしまいました……私もリアーシュさんも鎖に繋がれてライオさんにおしりを突きだしながら、交互に犯されるんですが、私の時だけはライオさんは『この淫乱メス豚王女め！』って罵りながら、おしりの穴ばっかり責めて焦らされて、王族としての尊厳も奪われ恥ずかしい懇願をさせられて……はあぁぁっん！」

唇の端から涎を垂らしながら、フィリア王女は恍惚とした表情を見せる。

どうしよう……なにかマズいものを目覚めさせてしまったのではないだろうか？

俺が戦々恐々とする中、洞窟内に聞き慣れた少女の声が木霊した。

「ライオ！　無事!?」

顔を上げ、視界に飛びこんできたのはリアーシュとセリン、それにげっそりとやつれきった青毛の人魚エルゥだった。

二人を呼ぶために、この短時間で川を遡上し、戻ってきたのだ。エルゥが満身創痍なのも無理からぬこと……なのだが、ガタガタと震えて、心にも深い傷を負ったように見えるな。

「あれ？　その人……え？　殿下？　おっぱいがある!?」

「もしかして影武者？　いえ、その右目の泣きぼくろは、間違いなく本物！」

洞窟に反響するリアーシュとセリンの声。

俺は他人の心配をしている事態ではないことを思い出した。

フィリア王女殿下が、申し訳なさそうに、俺にしたのと同じ説明をする。

「……ということで、私の本当の名前は、フィリアと言うんです」

「王子殿下が王女殿下だったなんて、すごい秘密を握ってしまいました……」

「そんなことよりも、だったら二人はどうして上半身ほとんど裸なのよ！」

リアーシュは不満げに眉根を寄せながら、俺とフィリア王女を指さして詰問した。

肝が冷え、胃がキリキリと痛む。

「それはその、しょうがないんだ……こうして温めないと、お互い風邪引いちゃうから」

「はぁっ!? 温め合うって、裸と裸で、くっついてたってこと!?」

怒髪天をつく勢いでリアーシュが激昂する。

「ダメ、そんなのダメよ！」

「だ、大丈夫だ！ なんにもしてない、なんにもしてないから！」

「ライオさんの言うとおりです。身を寄せ合いはしましたが、ライオさんはとっても紳士で、おっぱいのひとつも揉まなかったんですよ！」

フィリア王女の理知的な声による主張には、不思議な説得力があった。

リアーシュは冷静さを取りもどし、俺とフィリア王女を交互に見る。

「ほんと？ あのおっぱい好きのライオが？」

「本当に決まってるだろ。おっぱいならなんでもいいわけじゃない。俺は、リアーシュのおっぱいだから好きなんだ」

俺はそう言って、リアーシュに歩みより、彼女の頭をくしゃっとなでた。

事情を察したらしいセリンから白い視線が投げかけられるが、無視を決めこむ。

リアーシュは、俺の胸に額を預けて「バカ」と小さくつぶやいた。

「ライオから、王女のにおいがする……」

「身を寄せ合ってはいたからな……ごめん」

「胸が痛い……もう二度と、こんなことしちゃいやよ」

「ああ、もちろんだ」

もう二度と、浮気はできない。俺は自分自身に強く言い聞かせた。

第四話　天空神殿、真実、贖罪

シーン１　ロゼの日記帳

フィリオス王子殿下――もとい、フィリア王女殿下の誘拐事件から一夜が明けた。

眠れぬ夜を過ごした俺の部屋を、褐色のハイエルフ、ミージュが訪ねてきた。

「セリンから聞いたわ。大変だったみたいね」

「ああ、大変だった」

呪いを発動させる二つの条件が、どうしてこう計ったようなタイミングで重なるのか、俺は運命の神を呪わずにはいられない。

俺とフィリア王女が裸で触れ合っていたと知った時のリアーシュの顔が目に焼きついている。

もはや一刻の猶予(ゆうよ)もない。このふざけた呪いを、解かなければ……。

「で、さらなる因業を刻んじまった俺をねぎらうために、朝早くに来たのか？」

「昨日一日かけて手がかりを見つけたから、その報告よ」

ミージュが取りだしたのは、使用感のある一冊の本だった。

「ロゼの日記帳よ。以前、宮廷魔術師として彼女に与えられていた専用の工房の、隠し金庫の中に保管されていたわ」

「まじかよ！　大手柄じゃないか！」

俺が飛び上がって喜ぶと、ミージュは首を左右にふった。

「ざっと読んだ感じ、直接呪いの特定には繋がりそうにはないけどね」

「そうか……でも、手がかりを得られる可能性は高いんじゃないか？」

俺はミージュからロゼの日記帳を受け取り、パラパラとめくっていく。

隠し金庫の中にあった以上、なにかしら人目に触れたくない理由があるはず……。

獅子の月　第十の日
今日は工房の大掃除。ヴィースが手伝いに来てくれて嬉しかった。
もしかして、カレったらワタシのこと……キャッ♡

……まぁ、誰だって日記を読まれるのは恥ずかしいわな。

「でも、ロゼがヴィースと付き合ってたって裏はとれたな」

「それだけじゃないわ。二人は愛し合ってて、一緒に生きていくために不老不死になる方法を探していた。ヴィースはそこらへんの事情もあって、ロゼに聞くだけじゃなく、独学でも古代の魔術を研究していたみたい」

「古代の魔術……そういや身体を乗り換える魔法とか、サウンがそんな話をしてたな」

「ヴィースの下についていたムゥラも、ちょくちょく出てくるわね。二人の仲を妖精郷が反対しているって伝えたのは、ムゥラで間違いないみたい」

パズルのピースは埋まっていってるけど、まだ全体像が見えない……そんな印象を受けた。

結局俺は、どうしてこんな呪いにかかってしまったんだろうか……？

「っと、いけない。そろそろリアーシュがライオを起こしに来る時間ね」

「え、そうなのか？」

「あんたが王女様と一緒にいたのがショックだったらしくてね、昨日の夜にあんたの気を引く方法はないかって相談に来たのよ」

「あのリアーシュが、さんざんダークハイエロエルフと罵ってるミージュに……!?」

耳を疑った。それだけ、昨日俺が王女と一緒にいたことがショックだったのか……！

「そ、だからこれから、裸エプロンでライオを起こしに来るはずよ。感謝しなさい」

得意げに笑いながら、ミージュはその場で自分の着ているものを脱ぎだす。

「リアーシュの裸エプロン姿だと？　そんなものを拝めるならミージュの靴を舐めることだって厭わないが……なんで服を脱いでるんだ？」

「ここまで付き合わされたら、一部始終を見なきゃ損でしょ」

ミージュは脱いだ服や腕輪を俺のベッドの中に隠して、透明化の魔法で姿を消す。

このハイエルフにはプライバシーってものがないのだろうか？

いや、それよりも、どうしよう？　リアーシュが俺を起こしに来ようとしているならば、寝たふりをすべきだろうか……などと迷っていると、部屋にノックの音が響いた。

「ライオ、起きてる？」

今さら寝たふりをするのもわざとらしいか……なにより一刻も早く、裸エプロン姿のリアーシュを見たい！

俺は部屋のドアを開け放つ。

「お、おはよう……ライオってば、早起きなのね」

リアーシュがわずかに顔を赤くして、俺の部屋に前に立っていた。

格好は裸エプロン……ではない。いつもの旅装だ。どういうことなの、ミージュさん？

「やろうとしたけど恥ずかしくなって、チキったってとこでしょうね」

ミージュが、見えないのをいいことに俺の後ろにくっついてきてささやく。

「その代わり、いろいろとよく見てごらんなさい」

指摘されずとも、気づいていた。いつも付けている胸当てがない。加えて衣装の胸元が、妙に緩い。強めに息を吹きかけたら、布がずり落ちてしまうのではないかと心配になるほどだ。

チキったなどとは言うまい……リアーシュはあえて隙を作り、俺の気を引いているんだ。

婚約者の健気なアピールに感動していると、リアーシュは眉を寄せる。

「スンスン……なんか、お姉さまのにおいがしない？」

「え？　あ、さっき、ミージュが部屋に来たからじゃないかな!?」

「バカッ！　今朝はリアーシュが一番に来たことにしなきゃダメでしょ！」

透明なミージュに背後で言われて気づいたが、時すでに遅し。

リアーシュはつまらなそうに頬をふくらませる。

「またお姉さまが、ライオの部屋に来てたの？」

「や、えっと、それは……」

「最近、ライオからあたし以外の女の子のにおいばっかりするの……やだ」

いつになく心細そうな声で告げ、ハイエルフ・プリンセスは俺に抱きついてきた。

リアーシュ……！　ごめんよ、もうすぐ君以外のにおいがしない男になるから……！

「だったら今ここで、リアーシュのにおいをいっぱい俺にこすりつけてくれ」

「その発想は……ちょっとキモい」

引かれてしまった。

とはいえ、リアーシュもいつもの調子を取りもどしてくれたようで、安堵する。

「話は変わるけど、さっきからライオが持ってるその本はなに？」

手の中にあるロゼの日記帳を指さす。

不老不死について調べていたと説明すれば納得するだろと判断し、俺は話した。

「ロゼの日記!?　すごいじゃない！　人魚の肉はデマだったたし、こうなったら一人が調べてたっていうペアリングが一番の近道だわ」

人魚の肉はデマだった。昨夜あのあと、それとなくアリィとエルゥに人魚の肉の不老不死伝説について尋ねたところ、あっさりと否定されてしまったのである。

リアーシュが「食べられたくなくて嘘ついてるんじゃない？」と詰めよったところ「本当なら天敵のハーピーがもっと増えていますわ」とエルゥに返され納得した、という次第だ。

「うわ、本当にロゼとヴィースって付き合ってたのね……」

リアーシュは、食い入るようにロゼの日記を読みだす。

「ヴィースが、ロゼに男性器を舐めて欲しいって頼んだって書いてある……あいつって、変態だったのね。そんなこと頼んだら嫌われるに決まって……え、舐めてあげたの？　しょっぱい味って……ふぇぇ、しゅごい……」

信じられないと言わんばかりに、口元を押さえる。

「言いたい……妹に向かって『あんたの男のチン●の味知ってるわ』って言いたい……！」

俺の背後では、姿を消したミージュがブルブルと震えていた。

ガチでやめて……！

「え、ウソ！」

俺が頭を抱えていると、リアーシュが叫んだ。

「浮気してたの！」

心臓が止まるかと思った。

今ここで最も速やかに死ねる方法を真剣に検討しようとしたところで、リアーシュの目が俺ではなく、開いた日記帳に釘付けなのに気づく。

俺のことを言っているのではない……!?

「リアーシュ……う、浮気って……？」

「ロゼよ！　妖精郷に反対されたりムゥラに邪魔されたり、逆境はあれどヴィースとラブラブしてたのに……他の男と流されてなんか？　うん、しちゃったって……」

「なんか？　って、なんだ？」

「セックスのことでしょ」

ミージュに小声で教えられて理解した。温室育ちなリアーシュは、それを示唆する単語を見ても「なんか？」としか表現できないのだ。

俺も気になって、日記の該当箇所を読んでみる。

双魚の月　第七の日

また、サウンに流されてしまった……。

ヴィースを裏切るようなことはしたくないのに……。

彼に求められるワタシがワタシじゃなくなって、受け入れてしまう……。

あの時だけ感じる胸に穴が空いたような寂寥感（せきりょうかん）……一体なんなの？　怖いわ……。


日記帳の文面を見て俺は目を見開いた。

「サウンって……浮気相手って、あいつだったのかよ！」

舞踏会の夜、テラスでリュートを弾いていた宮廷詩人の顔を思い出す。

「ああ、あの！　ロゼの幼なじみって言ってた！」

こっちが二人について聞いた時、妙に口が重かったのは、そういうことだったのか。

そして、もうひとつ……俺は、透明なミージュに耳打ちする。

「なぁ、この文面って……」

「ええ……ライオと同じ呪いにかかっていた可能性が高いわねぇ」

ロゼも俺と同じ呪いにかかって、浮気をしていた。

これは、つまり……。

「ヴィースは、ネトラレ属性だったのよ」

なるほど……そういうことになるな。さすが、魔王と呼ばれただけあって業が深い……。

「自分の愛する人を他の男に抱かせて興奮するなんて、俺には理解できない」

「わたしはちょっとわかるわ。夜中にあれだけ愛し合ったライオが、なんだかんだでちゃんとリアーシュに気持ちがあるんだなって感じる時、ちょっとムラムラしてるし」

「ちょっとライオ、なに一人でぶつぶつ言ってるの？」

「や、ちょっと驚いて……浮気したあとのことは、もうほとんど書いてないな」

日記はだんだんと、ヴィースが邪竜を連れて暴れはじめた時期に近づいている。

双魚の月　第二十六の日
とうとうヴィースが《祝福のペアリング》のある天空神殿への行き方を見つけた……！

虹の歌魔法……ワタシたち人間には使えない、特殊魔法で、人魚たちの力を借りないとダメみたい。でも、これでワタシはヴィースと一緒に生きられるんだわ！

だから……早くヴィースに、サウンとの過ち（あやま）を言わないと……。

ヴィースはワタシのことを嫌いはしないと思うけど……やっぱり、言うのは怖い……。


この記述を最後に、日記は終わっていた。

「ヴィースとロゼは、《祝福のペアリング》の在処がわかったのね」

リアーシュが瞳を輝かせて俺のほうを見た。

「この近くに、本当にライオが不老不死になれるアイテムがあるのよ！」

「ああ……人魚が手がかりみたいだが……あの二人で、大丈夫かな？」

「むしろ、《祝福のペアリング》がある場所だからアリィとエルゥたちがいた……そう考えるべきなんじゃないかしら」

興奮を隠しきれない様子で、リアーシュは頬を上気させている。

たしかに、その可能性はある……しかし俺は、釈然としないものを感じていた。

「もぅ、ノリが悪いわね。ライオは嬉しくないの？」

「いや、ヴィースはこのすぐあとに破壊活動をはじめて、ロゼはまだ行方不明なんだぜ？　そんな単純にペアリングを見つけて終わり、ってわけにはいかない気がしてな」

「そりゃ、不老不死になれるアイテムを手に入れるのは一筋縄ではいかないわよ。でも罠が待ち受けていたって、あたしとライオなら乗り越えられるに決まってるわ！」

不安などかき消してしまいそうな、眩(まぶ)しいまでの笑顔。

そうだな……俺が不老不死になるのは、リアーシュと一緒にいるためには避けてとおれない道なんだ。当たってみる価値はある。

俺が前向きに検討していると、再びノックが響いた。

「すみません、ライオさんはいますか？」

「そ、その声はフィリア――オス王子殿下！」

扉を開けると、フィリア王女殿下が入ってきた。

洗濯したての男装に身を包んでいるが、栗色の髪には汗の粒が光っている。

朝の鍛錬を終えて汗で濡れた運動着を着替えた直後、といったところか。

「ライオさんもリアーシュさんも事情を知っているわけですから、フィリアでいいですよ」

王女殿下は、朗らかな笑みを浮かべて、朝の挨拶をした。

「それで、なんの用なの？」

リアーシュが殿下に尋ねる。口調に若干トゲがあるが、殿下は笑顔を保ったままだ。

「朝の特訓をしていましたら、またあの場所にアリィとエルゥが現れてですね、ライオさんに、用があるそうで、『昨日の川辺で待っている』とのことです」

「王女殿下をパシらせるとか、あいつらはなにを考えてるんだ……」

「よくわからないけど、渡りに舟じゃない。ちょうどあの二人に用事があったわけだし」

前向きに微笑んだリアーシュに「それもそうだな」とうなずいた。

「セリンとミージュにも声をかけて、すぐ出発しよう」

ミージュはこの場にいてバッチリ一部始終を聞いているのだが、リアーシュに一度この部屋を出てもらわなければ、俺のベッドの中に隠した服を回収できない。

「リアーシュも、いっぺん部屋に戻って、ここを直してこい」

俺が自分の胸を指さすと、リアーシュは自身の格好を思い出したらしい。真っ赤になりながらこくこくとうなずいて、部屋を出ていった。

殿下にお礼を告げてから、俺もセリンに声をかけるべく部屋を出る。

セリンが借りた貴賓室は、俺の部屋の二つ隣で、ノックをしても返事がなかった。

彼女の性格からして寝坊をしているとは考えづらい。おそらく朝食を食べにいっているのだろうと、賓客用の大食堂に足を向けた。

城の廊下を小走りで行くと、あまり見たくない顔がむこうからやって来る。

「貴様は……まだいたのか」

神経質そうな顔をしたハイエルフの男、ムゥラだ。

「その言葉、そっくりそのまま返すぜ」

「私は仕事でここにいる。そうでなければヒト族の城になど滞在するものか……まったく、それもこれも、ヴィースさまの気迷いのせいで……！」

舞踏会の時、ハイエルフ・プリンセスであるリアーシュを呼び捨てにしたこの男が、ヴィースは「さま」付けで呼ぶ。

やはりミージュの言うとおり、並々ならぬ感情を持っているということなのか。

こいつならば、ロゼとヴィースのことについて、知っている可能性がある。

そう考えて俺は、探りを入れてみることにした。

「おまえって、ヴィースの弟子だったんだっけ？」

「低俗なヒト族が、ヴィースさまを呼び捨てにするな」

「そう言われてもな……妖精郷の聖域を、邪竜の炎で焼いたヤツだぞ」

「そんなこと、言われなくともわかっている！　ヴィースさまがその気になれば、竜の力など使わずとも、妖精郷のすべてを破壊できる！　貴様などに後れをとることもなかったはずだ……私など、足元にも及ばぬ闇の精霊魔法を使えるのだからな」

ムゥラの瞳は本気で憤っているようだった。

こいつ、いつだったか剣で斬りつけてきたけど、精霊魔法が本分だったのだろうか？

いや、精霊魔法が得意じゃないから、剣を使ったのか……。

「それなのに、あの女の秘密を知ってなお、愛するなどと……」

「あの女って、ロゼのことか？」

「黙れ、誰が貴様に質問することを許した！」

「いや、今ヴィースとロゼのことをちょっと調べてるんだよ。あの二人が付き合ってるの、お前は反対してたんだろ？」

「当然だ。ハイエルフとヒト、釣りあうはずがない。それより、なぜそんなことを？」

ムゥラは、その金色の柳眉を逆立てる。

「さては、あの浮気女と同じように、不老不死になる気だな!?　そうはさせんぞ！」

「ちょっと落ち着けって！　仮にそうだったとして、なにが問題なんだ」

「ハイエルフが結ばれるのはハイエルフだけ……それが妖精郷の掟だ。我々は我々の聖性を努めて守り抜く必要があるのだ！」

ムゥラは苛立たしげに言い放つと、俺の横を早足で歩き去っていく。

「あの女の秘密」って言ったな……ロゼの浮気のことを、あいつも知っているのか？

それが大事なことのように思えて、しかしなにを意味するのか、俺にはわからなかった。

天空神殿に行ってみれば、すべての疑問は解ける。

俺の気持ちは逸り、セリンを呼びに行く足を急がせたのだった。

シーン2　天空神殿

俺、リアーシュ、ミージュ、セリンの四人は、アリィとエルゥの待つ川辺にやってきた。

「おっそーい！　遅いですわよ！　いつまで待たせるんですの！　戦士さまが昨日犯した罪を巻き貝に克明に記録して、メリオス王宮に投げつけるところでしたわよ！」

開口一番、青毛の人魚エルゥが大声でまくしたててくる。

「戦士さまって、ライオのことよね？　罪ってなに？」

「ぎゃあああ、ハイエルフ・プリンセスぅッ！　なんであなたがここにいますのぉ！」

リアーシュを目にした途端、エルゥはガタガタと震えはじめた。

「ズルいですわよライオ＝グラード！　あああああんなのを連れてくるなんて！」

「人の婚約者を捕まえてあんなのとかいうな」

「ライオを呼びだしてなにをさせるつもりだったのよ。そんなにメレンゲになりたいの？」

「あわわわわわわ！　メレンゲだけはご勘弁をぅっ！」

青毛の人魚エルゥの怯え具合は尋常ではない。

俺が戸惑っていると、セリンが説明してくれた。

「昨日ライオさんたちが入り江の洞窟で困っている時、あのエルゥって人魚がわたしたちを呼びに来たんですが、わたしもリアーシュさんもすぐに信じることができなくて……彼女が絶対に嘘をつけないようにしてから話を聞いたもので」

具体的になにをやったのかは聞かないでおこう。

ナチュラルボーン魔王と腹黒商人のタッグは歯止めがきかなそうだもんなぁ……。

俺はエルゥに同情する一方、埒が明かなそうなのでアリィのほうに話を聞くことにした。

「おまえたちの用ってなんだったんだ？」

「それがさぁ、あたしが昨日ライオに精子かけてもらったことをエルゥに話したら、『わたくしもかけてほしいですわー』って言いだして」

「せーしを、かける……？」

「俺が命を懸けて、ハーピーからアリィたちを守ったって意味だ！」

すぐさまフォローを入れると、ミージュが「ベタな言い訳ねぇ」と肩をすくめる。

俺は川縁（かわべり）にしゃがみ込み、アリィに小声で告げた。

「事情は察したが、今すぐは無理だ。けど、望むなら提供してやれないことはない」

「ほんと？　エルゥはまだ日に余裕があるし、それで全然オッケーだと思うぜ」

「代わりに、頼みたいことがある。おまえたちは、《祝福のペアリング》が眠るっていう、男神ルィーカの天空神殿への行き方を知っているのか？」

「え？　ああ、うん。知ってるぜ」

アリィは、こっちが拍子抜けするほどあっさりと認めた。

「わたくしたちの一族はルィーカに仕えていた人魚の末裔ですもの」

怯えていたエルゥが、誇らしげに胸を張った。

「そう。じゃあ今すぐ案内しなさい。さもなくばメレンゲよ」

「は、ハイッ……！　サーッ！　ハイル、リアーシュ！　サーッ！」

リアーシュに完全に身心を支配されたエルゥは背筋を伸ばして敬礼する。

「けど、天空神殿は簡単にいける場所じゃないぜ」

「頼む。一年前にハイエルフの男とヒト族の女のカップルもそこに行ったはずなんだ」

「ああ、あのカップルは、運がよかったですわね」

「やっぱり、ヴィースとロゼのことも知ってるのね」

ミージュが確認をとると、アリィとエルゥはうなずいた。

「知ってるもなにも、あの二人を神殿に導いたのは、あたしたちだからな」

「現在、わたくしたち以外に天空神殿への道を作れる人魚はいませんわ」

リアーシュの憶測は正しかった。セリンが、さらに質問をする。

「あの二人が天空神殿に行ってからなにがあったのか、知ってるのですか？」

「いや、知らねぇ。あたしたちは言い伝えにある歌魔法で、神殿へ続く道を作っただけだ」

「ヴィースが邪竜を連れて妖精郷を襲ったというウワサは、わたくしたちの海にも聞こえてきましたわ。そして、戦士さまとリアーシュさまで倒したのでしょう」

「肝心なことは知らないのね」

「あの時はシーホースが産気づいてて、二人を見送ったあと、すぐに海に戻ったのですわ」

どこまでもゆるい海の住人だった。

「まぁいいや……とにかく俺たちも天空神殿へ案内してくれ」

「試練があるっていうなら、なんでも突破してやるわ」

リアーシュが力強く告げると、アリィは首を横に振った。

「試練じゃなくて天気の問題なんだよ。ルィーカの神殿の入り口は、ルゥイ湖の遙か上空の、雲の中にあるんだ」

「そして、その雲まで届く虹の橋を作りだすのが、わたくしたちの歌魔法なのですわ」

「けど、何もない状態から虹の橋は作れないんだ。大雨が降らないとな！」

「広大なルゥイ湖に架かる虹がないと、ルィーカの天空神殿には、いけないのですわ」

二人の説明を聞いて、困難だと言っていた意味がよくわかった。

「大雨が降るのを待たなければ、天空神殿にはいけないのですか……」

「なに言ってるの。今日はよく晴れてるから、いけるじゃない」

しかしリアーシュは、自信満々に胸を張る。

「湖のうえに大きな虹を作ればいいんでしょ。そんなの、朝飯前だわ」


半刻後……ルゥイ湖のほとりで、俺たちは青空に架かる巨大な虹を見上げていた。

「嘘だろ……こんなのありかよ」

「ものすごい力業ですわ……」

茫然と虹を見上げるアリィとエルゥ。

水精霊と契約し、膨大な量の水でも一度に操作できるリアーシュには、湖の水を巻き上げて巨大な虹を作ることなど、造作もないことだった。

「どやぁ！　さぁ、歌魔法とやらをはじめなさい！」

得意げに胸を張るリアーシュに、人魚たちは戸惑いつつも従った。

人魚たちの唇に、歌魔法が乗る。

それは、俺には全く理解のできぬ言葉で紡がれる、甘く美しい調べだった。

どのような声の出し方をしているのか、決して大きな音ではないのに、大気の震えが、俺の髪や衣服にも伝わってくる。

アリィとエルゥの周辺に波紋が生じ、それがいつしか水面に浮かぶ魔法陣へと形を変える。

歌に合わせて草花は揺れ、風は吹くのをやめた。

「まるで、二人につられて、世界中が歌っているみたいだわ」

「魔術師として、この歌を聴けただけでも、あんたたちについてきてよかったわ。失われていた神語を耳にできるなんて……」

あのミージュが、ガラにもなく感動していた。瞳に涙を浮かべてさえいる。

「これが神語なんですか……どんな内容なんでしょう？」

「聞き取れる限り、ノロケね」

「のろけ？」

「ルィーカとゲルダの出会いから、別れるまでの思い出話を魔法にしたのよ。男神ルィーカは、山に腰を下ろして歌をうたう娘ゲルダの横顔をひと目見るなり恋に落ちた……って」

「山に腰を下ろすとは……ゲルダさんは巨人だったんですね。王都に来る途中で見たあの石像なんかと、関係があるんでしょうか？」

セリンの呟きに、ミージュは聞き取れる限りの歌の内容を、言葉にして伝えてくれた。

男神ルィーカと巨人の娘ゲルダは同じ時を生きることを願う
ルィーカは《祝福のペアリング》を作りだす
これを嵌めているかぎり二人の愛は永遠となろう
もしも外してしまったら、どうなろう？
決して外しはしない、二人は愛を誓い、幸せな時を送る

しかし、ゲルダの姉アングルが病に倒れてしまう
不死の病にかかったアングルを救う手立てはひとつきり
ゲルダは姉を救うため、ルィーカに内緒で、《祝福のペアリング》を彼女に嵌める
指輪の力でアングルの病はたちどころに治り
そのウワサは、またたく間に広まってしまう

不老不死の指輪をめぐり巨人たちは争った
ルィーカは神々の会合に出ていてあとから事情を聞いた
神は嘆き、怒り、争う巨人たちをみな石像に変えてしまった

神との約束を破ったゲルダは許されない
ルィーカとゲルダの恋は破局に終わる
祝福のペアリングは悲しき宿命を背負い
ルィーカの天空神殿に眠る

七色の橋、天に伸びよ
この先にあるのは、天空の結婚式場
虹の男神ルィーカと巨人の娘ゲルダの愛が時を止めて眠る場所
永遠の愛を歌いましょう……

男神ルィーカ……。

「ゲルダだって好きで裏切ったわけでもないのに、それが悲劇を呼んじまうなんてな」

なんていうか、美しくも悲しい詩だ。

その韻律を歌魔法として、永遠に歌い継がれるようにしたんだな……。

「姉を救うために男を捨てるなんて、どこかの誰かに爪の垢を煎じて飲ませてやりたいわ」

「昔の恋人との思い出の品をいつまでも捨てられないって、なんか未練がましいですね」

「虹の神なんだから、虹のごとく儚く愛は消え去ったくらいの洒落(しゃれ)っ気が欲しいわよね。破局したのに愛が時を止めて眠る場所って、ちょっとサイコを感じるわ」

女性陣も思い思いの感想を口にする。

リアーシュとセリンは、神様に対して手厳しくない……？

歌魔法が終わり、輪郭もおぼろげになりだしていた巨大な虹が、光を放つ。

視界を真っ白に染め上げる強烈な瞬きに、俺たちはたまらず目をつぶる。

十数えるほどして再び開けた時には、天空へと伸びる巨大な虹の橋が、目の前にあった。

「これが……虹の橋」

俺もリアーシュもミージュもセリンも、一様に息をのんだ。

「虹の橋が実体をとどめておけるのは半日ほどですので、急いでくださいましね」

エルゥに急かされて、真っ先に虹の橋に足をかけたのはリアーシュだった。

「うわ……本当に虹の上を歩けるわ。ふわふわしてるようだけど頼りないわけでもなくて、なんか変な感じ……ふふ、面白いかも」

虹の上でぴょんぴょんと跳ね、そのたびにスカートがめくれて白い太ももがあらわとなる。

俺もおそるおそる虹の橋に乗ってみる。リアーシュの言ったとおり、足の裏に感じるのは、不思議な感触だった。

柔らかいようで、変化を加えようと押してみると、押し返される。

ミージュとセリンもあとに続き、アリィとエルゥに見送られながら、虹の橋を登りはじめた。

橋の幅は人ひとり歩くのがやっとで、地面が遠ざかっていくとセリンが怯えた声を出す。

「手すりも何もないから怖いですね。風が吹いたら、落ちてしまいそうな……」

「橋の周辺に強力な魔力の加護を感じるから、強風が吹きつけたり、空気が薄くなったりすることはなさそうよ。わたしにも、仕組みはよくわからないけど」

興味深げなミージュの言葉を頼りに半刻も虹の橋を登ると、俺たちは雲の中に入った。

白く煙る視界。

俺が先頭を行くリアーシュの肩を叩いて手を差しだすと、彼女は力強く握り返してきた。

さらにそこから四半刻も歩くと雲は晴れ、俺たちの目の前に巨大な神殿が現れる。

「なんだこりゃ……」

まだ百メトルも離れているというのに、首が痛くなるほど見上げなければ、神殿の全体像をつかむことができない。

「デカい……巨人の娘と結婚式をするなら、これぐらいないとダメだったのかしらね」

「地面、雲なんですけど……あんな建物がどうやって落下せずにいられるんでしょうか？」

「細かいことはいいわ。とにかく、入ってみましょ！」

リアーシュは再び先陣を切って、走りだす。

俺たちもそのあとを追い、広大なルィーカの神殿へ踏みこんだ。

「等間隔に並んだ円柱と、それに支えられた屋根……スケールは大きいけど、地上に残る神代の神殿と同じね」

外部からの光が、白い石の床面に反射して、神殿内を明るく照らしている。

「アリィさんとエルゥさんを囲い込んで、この天空神殿で入場料を取るようにしたらどうかと思ってたんですけど、ここに来るまでに反して天空神殿はパンチ力に欠けますね」

セリンは、こんな時でも商魂たくましかった。

『恋人たちよ……そなたらが誠の愛を持っているのならば、永遠の祝福を授けよう……』

不意に、意識に直接語りかけてくる声。

ルィーカの声は、俺だけでなく、この場にいた全員に聞こえているようだった。

「誠の愛……不老不死の指輪を巡って巨人が争ったから、ただではやりたくないってことね」

「誰かを愛するとか抜きにして、不老不死になりたいって人は多いでしょうし……」

「そんなことよりも、あれ」

先頭に立っていたリアーシュが、神殿の中央にある瓦礫に気づいた。

「指輪が祀ってあった祭壇みたいだな」

とにかく広い神殿であったため遠目には気づかなかったが、俺の見立ては正しかった。

半壊した祭壇と、そのすぐ脇に転がる黄金の……腕輪？

「え？　これが《祝福のペアリング》なのかしら……ちょっとデカくない？」

「なにを言ってるんですか、リアーシュさん。ゲルダさんは巨人だったんですから、《祝福のペアリング》だって、巨人サイズに決まってるじゃないですか」

セリンの指摘に「ああ」と、俺とリアーシュは膝を打った。

言われてみればそのとおりだ。神殿が異様に大きいことはすぐに巨人と結びつけられたのに、イメージの刷りこみってのは、怖いもんだな……。

「けど、ひとつしかないわよ。ペアリングである以上は、二つあるはずでしょ」

崩れた祭壇の下敷きになってないかと覗きこみながら、リアーシュは首を傾げる。

「片方だけヴィーナスに持ち去られた、とか……？」

拾い上げた黄金の腕輪をためつすがめつしながら、リアーシュが言った。

「てかさぁ、この腕輪をどこかで見たことある気がするの、あたしだけ？」

「奇遇だな……俺も同じようなことを考えていた」

「あら、二人もなの？　実はわたしもつい最近、それと同じものを見たような……」

顎に手を置くミージュの右手に、黄金の腕輪がキラリと輝く。

リアーシュの手の中にある《祝福のペアリング》と、ミージュの腕輪。

俺とリアーシュとセリンの三人は、交互にそれらを見ることを三度繰り返し……。

「「「あああああああああああああああああああああああっ！」」」

指さして叫んだ。

「え、ちょ、なに？　あ、ああああああああっ!?」

ミージュも自身の右手に嵌めたそれを見て、大声を上げた。

「ああああああああああああああああっ！」

「ああ、ああああ！　ああああああああああああああああああああああああっ！」

「あああああ――って、落ち着け！　会話になってないぞ！」

「だ、だって！　それってお姉さまが一回目死んだ時の墓標代わりにした腕輪で、ヴィースの右手についてたヤツでしょ⁉」

「ヴィースとロゼはここに来て、《祝福のペアリング》を手に入れてたんだ！　ってことは、この祭壇をぶっ壊したのもあいつらか！」

「なんだかよくわかんないんですけど、《祝福のペアリング》の片割れは、最初からミージュさんが持ってたってことなんですか！」

　僥倖というべきか、数奇な運命の巡り合わせというべきか。

　墓標代わりにしたヴィースの腕輪をミージュがわざわざ嵌めてきたのは、俺とリアーシュへのいやがらせのためだろう。が、それがなければ今この場に《祝福のペアリング》が揃うことはなかったわけである。

「これ返さないとダメなの⁉　ちょっと気に入ってたんだけど」

「決まってるでしょ！　そのためにあたしたちはここまで来たんだから！」

「もーしょうがないわねぇ……」

ミージュはぶつぶつ言いながらも、素直に腕輪を外して俺に手渡した。

「ま、ちゃんとあんたたちのことは祝福してあげるつもりだったしね」

「ミージュ……」

彼女は俺を愛してくれている。

そのうえで、リアーシュと一緒になれと、背中を押してくれていた。

呪いの問題はまだ依然としてあるが、ここでひとつケジメをつけよう……そう思った。

ミージュの優しさに胸打たれても、リアーシュを想う気持ちに変わりはない。

俺は、この世界の誰よりもなによりも、リアーシュを愛している。

俺たちは向かい合って立ち、それぞれの手に持った黄金の腕輪を相手に向けた。

「ライオ……好きよ。愛してるわ！」

「ああ……俺もリアーシュのことを愛してる！」

力強い告白を交わし、まずは俺がリアーシュの左手に腕輪を嵌める。

そして次に、リアーシュが俺の左手に嵌めようとした、刹那(せつな)——。

黒い影が、俺たちのあいだを駆けぬけた。

「きゃっ、なに!?　あれ？　ライオに嵌めようとした《祝福のペアリング》がない！」

俺は、影が走り去ったほうをにらみつける。

「おまえ……！」

細い体躯、見事なブロンドの髪、切れ長の耳、エルフ族らしい浮世離れした美貌。

そこに立っていたのは、ペアリングを握りしめた、ムゥラだった。

「ムゥラ……性懲りもなく出てきてなんのつもりだ。ペアリングを返しやがれ！」

「なんのつもりもなにも、邪魔するつもりだ！　今朝の様子から怪しいと思い、あとを追ってきたが、まさか本当に《祝福のペアリング》などというものがあったとはな……」

「な――っ!?　エルゥとアリィはなにしてんのよ？」

「あいつらなら、我が闇精霊の誘惑に負け、今頃は海で競水棲馬を楽しんでいることだろう」

得意げに告げるムゥラに、俺たちは頭を抱えた。

「ハイエルフとヒト族の婚姻など、認めるわけにはいかない！　リアーシュ、いい加減に目を覚ますんだ。ヒト族は下劣で争いを好む蛮族、君にふさわしい相手ではない！　そんなにも結婚したいのなら、私とするのが筋だ」

「結婚したいんじゃなくて、ライオと一緒にいたいの！　なにが筋よ！　バーカッ！」

髪を逆立て容赦なく罵倒するリアーシュに、ムゥラは顔を歪めた。

「くっ……なぜヒト族なのだ。君もヴィースさまも、なんでわからない。生まれながらにして不死のハイエルフこそが至高の種族なのに、その血統を穢すような真似を！」

「ライオを愛したって、あたしや、あいだに生まれてくる子どもの血が穢れるなんて微塵も思わないわ。あんたの勝手な価値観を押しつけるのはやめてくれる？」

「あたしは、ライオのことが好きなのよ！　誰に反対されたって、それがどんな理由だって、あたしはあたしを貫く！　愛してる人を愛してると言わず、自らを偽るようなことをすれば、そっちのほうがよっぽど魂が穢れるわ！」

どこまでも無邪気で、高潔。傲岸不遜、天衣無縫。

自らの矜持を、リアーシュは胸を張って、高らかに宣言する。

ムゥラは血が出るほどに唇を噛みしめて、俺を睨んだ。

「どこまでもヴィースさまと同じようなことを……！　おのれライオ＝グラード、貴様にも、あの呪いをかけておけば……！」

あの呪い……!?

「とにかく、さっさと《祝福のペアリング》を返さないなら、容赦しないわよ！」

リアーシュは強弓をかまえて、すばやく矢を番えた。

矢じりを向けられ蒼白になったムゥラは、なにかが吹っ切れたように破顔した。

「させるか……その男を不老不死にするくらいならば、私が嵌めてやる！」

握っていた《祝福のペアリング》を自身の左手にとおし、頭上にかかげ哄笑する。

「フハハハハ、どうだリアーシュ！　これで君と結婚したのは、私だ！」

「は、発想がキモいのよ！　そんなんで結婚したことになるわけないでしょうっ！」

「なぁ――」

俺も、腰の剣を抜いてみせた。

気になることを口走っていたが、それはペアリングを取り返してから聞き出せばいい。俺とリアーシュの大切な瞬間を、これ以上妨害されるわけにはいかなかった。

「ムゥラ！　この期に及んで、ガキみたいなことやってんじゃねぇ！」

「ふんっ、ヒト族が、口の利き方には気をつけてもらおう――ん、なんだ、これは？」

ムゥラの左手に嵌まった黄金の腕輪が、赤く輝いた。

「くぅっ……あああ痛いっ！　いたいいたいいっっ！　なんだこれはぁっ！」

ムゥラは突然、その場にしゃがみこんで叫びだす。

目は充血し、額には大粒の汗がにじんで、演技をしているようには見えない。

「な、なにが起こってるんだ……？」

悶え苦しんでいる相手には斬りかかれず、俺は立ち尽くす。

すると今度は、リアーシュが嵌めたペアリングが、緑色の光を放ちだした。

彼女のほうは、痛みを感じている様子はない。

「ムゥラのヤツ、どうしたんだ？　リアーシュは大丈夫か？」

「平気よ。《祝福のペアリング》があたしに警告しているの。ムゥラには、やましい気持ちや秘密にしていることがあるって」

「違う、やめろ……！　私の心の中を見るな！」

「ムゥラが本当に求めている存在。その名は……え？　ヴィ、ヴィースなの……？」

リアーシュが戸惑いながらその名を口にすると、悶絶していたムゥラが目を見開く。

俺とミージュはなにも言わず、セリンが感心したようにうなずいた。

「ヴィースは男性ですよね……エルフでもそういうのってあるんですね」

リアーシュは、さらにペアリングの声に耳を傾ける。

「ムゥラの心の中が、過去が、あたしの頭の中に流れてくる……ロゼが突然浮気をしたのは、そいつのせいだったのよ」

「なんだって……!?」

俺は思わず、声を上げてしまう。

「妖精郷の掟に抑圧されていたムゥラは、想い人でありながらヒトとの恋に走ったヴィースに怒り、その矛先を恋人のロゼに向け、闇精霊の誘惑の呪いをかけたんだわ」

俺は混乱する。浮気の呪いは、ムゥラによるものだった？

だとしたら、死に際にヴィースが俺にかけようとしたアレは、なんだったんだ？

——ドクン！

急に心臓が強く脈打ち、立ちくらみを覚えた。

なんだ、これは？　なにかが、胸の内で、蠢（うごめ）いている……！

「浮気をさせる呪いなんて、そんなもの、あるんですか？」

「浮気をさせるっていうか、他人からの好意を拒めなくさせる誘惑みたい。男女を勝手に引き合わせるキューピッドの矢とかあるでしょ」

セリンの問いに、リアーシュが答える。

「強力な分、下準備に苦労したみたいだけど……僻みひとつでよくもここまでやれたもんだわ」

「黙れっ！　僻みの憎悪こそ最も強力な闇精霊の糧だ！　貴様などになにがわかる！」

言い放ち、ムゥラは左手に嵌めたペアリングを外して床にたたきつけた。

「これが、ルィーカが試した誠の愛ってことね」

ミージュがため息をこぼす。

「ペアリングを嵌めた相手に、やましいと思ってることや隠し事がバレちまうのか……男神ルィーカは、恐ろしい爆弾を用意したな」

隠し事や秘密が一切ない人間なんて、いないだろうに……。

「リアーシュさんは、なんともないんですね」

「あたしの場合、建て前も本音もなく、ムゥラなんて最悪だし……」

結ばれたいと思う相手でなければ、ペアリングは効力を発揮しないのか。

「う、ううううう……ぐぅぁあああああああああああ！」

うずくまっていたムゥラが、絶叫する。

自身の罪が白日の下にさらされ、おかしくなったかと思ったが、違った。

ハイエルフ特有の白い肌が黒ずみ、鱗のようなものが浮かび上がる。

頭からは角が伸び、翼と尻尾までもが生えでて、その身体は巨大化していく。

これは……！

——ギャオオオオオオオス！

巨竜が咆吼し、神殿内の空気が震えた。

俺たちは絶句する。

漆黒の竜鱗、巨大な翼、頭部に輝く四つの目、尻尾の先端には無数の棘。

見間違えるはずもなかった。

俺たちの前に現れた巨大な獣は、ヴィースが連れていた邪竜とまったく同じだったのだ。

シーン3　復活のEL「F」

「相手に心をさらけ出すのが試練。そして、その試練に耐えきれずにペアリングを外してしまった者の末路が……」

——ギャオオオオオオオオオス！

「あの邪竜だったってことなのね」

輝きを放つのをやめたペアリングを見つめ、リアーシュは気味悪そうに眉を寄せる。

「つまり、行方不明のロゼは、あの時あたしたちが火山で倒した邪竜……」

「サウンと浮気していたのがヴィースにバレて、今みたいにペアリングを外したんだな」

気分のいい話ではなかった。

面識がないとはいえ、日記まで読んだ女性を気づかないうちに殺めていたなんて。

それに、ムゥラにペアリングを奪われていなければ、俺も同じ運命を辿っていたはずだ。

「いや、今は感慨に耽(ふけ)ってる場合じゃないな。ひとまずこいつをどうにかするぞ」

「こ、こんな大きな竜を相手にするんですか？」

「セリンは下がってろ」

邪竜は巨大な翼を羽ばたかせて浮遊し、棘のついた尻尾を振りまわして攻撃してくる。

俺たちは方々に散って、邪竜を囲うように陣形をとった。

「過去に一度、あたしとライオだけで倒してるんだから、ビクビクする必要はないわ」

「あの時は、事前に邪竜対策の準備もしてたけどな」

「水の矢がなくったって弱点はわかってるんだし、あたしたちなら楽勝よ」

リアーシュは強弓に矢を番えて放つ。

一度に三本、それをひと息に三度。

一挙に合計九本の矢が邪竜を急襲し、柔らかな翼膜に穴を開ける。

竜の巨体は床にたたきつけられ、神殿が大きく揺れた。

俺は抜いた刃を握り締めて突撃する。

邪竜の瞳のひとつが、ぎょろりとこっちを向いた。

口から黒い煙が噴出し、巨大な顎が開く。

「火炎息(ブレス)が来るぞ、気をつけろ！」

「一番気をつけなきゃいけないのはあんたでしょ」

ミージュがすばやく俺の前に割りこんできて、防御壁を展開した。

吐きだされた炎の奔流は、防御壁に完全にさえぎられ、俺たちの横を逸(そ)れていく。

「こんな強力な防御魔術を呪文の詠唱もなしに一瞬にして展開するなんて……ミージュの魔力、前よりも強くなってないか？」

「ライオには言ってなかったわね。実質不死であるハイエルフは、死の淵から生還すると、飛躍的に戦闘力が上がるのよ」

ミージュは得意げに、葡萄色の髪をかきあげる。

死の淵から生還って……いや、死んでたよな……。

「今のわたしは、純粋に卑猥な心を持ちながら、三回も殺してくれたリアーシュへの激しい怒りによって目覚めた伝説のハイエルフ――超(スーパー)ハイエルフよ！」

言い放ったミージュの身体が、燃えあがる炎のごとき黄金のオーラをまとった。

リアーシュは薄緑色の瞳を丸くして驚愕する。

「精霊の加護を失ってくすんでしまったお姉さまの髪が、再びエルフの金髪に戻った……！

あれは百年前、妖精郷で健康的な生活を送っていた頃の、全盛期のお姉さまだわ！」

超ハイエルフって。モンスターアントの巣穴で言ってたあれのことか……！

「甘いわねリアーシュ……今のわたしは、百年前を軽く凌駕（りょうが）しているわよ」

「う、ウソ……も、もしかして！」

「そう……これが超ハイエルフを超えた超ハイエルフ……超ハイエルフ・ツーよ！」

黄金のオーラをまとったミージュが、さらにスパークを身体の周囲に明滅させだした。

「そしてこれが、さらにそれを越えた超ハイエルフ・スリー！」

力の高まりが、ドンッ！　という衝撃波となって周囲の俺たちを襲う。

ミージュの髪の毛のボリュームが一気に増えて、その姿は魔術に関して素人である俺でも総毛立つほどに、尋常ならざる気配を放っている。

「ミージュは一体どこにいこうとしてるんだ⁉」

「お姉さま、それ以上はやっちゃダメよ！」

激震するルィーカの神殿。

白い石の床に、ミージュを起点として放射状の亀裂が走った。

「そしてこれが……最強の、超ハイエルフ・ブルー！」

かけ声に応じて黄金に輝いていたミージュの髪が青みがかり、あふれ出ていた力が凝縮していくように髪の量も戻った。神殿内を爆風のごとく駆け巡っていた力の奔流もおさまり、神々しいまでの蒼きオーラをまとったミージュが、静かに立ち尽くすばかりとなる。

「お姉さまの魔力を逆に一切感じなくなった……もはやこれは神の領域だわ！」

戦慄するリアーシュ。

「しばらく諜報任務が続いて見せ場がなかったからね……ここいらで暴れさせてもらうわ」

蒼きオーラをまとったミージュが肩をまわしながら邪竜と対峙する。

なんなんだ、この、一切の理解を拒絶する展開は……！

俺が愕然としているあいだに、戦いの火蓋は切られていた。

ミージュの姿はかき消え、次の瞬間には邪竜の鼻の上に立っている。

尋常ではない、俺の目では追うこともかなわぬ速度だ。

「気になることもあるから、跡形もなく消さないように手加減しないとね」

超ハイエルフ・ブルーの正拳突きが、邪竜の眉間に突き刺さる。

――ギャオオオオオオオオス！

敵の巨体は、祭壇の瓦礫のところまで吹っ飛び、激突すると同時に再び神殿は鳴動。

さらにミージュは足を肩幅に開き、祈るように組んだ両手を腰だめにかまえた。

「あ、あのかまえは……百年前、お姉さまが妖精郷を出ていく時にお父さまのお城を吹き飛ばした、超々攻撃型精霊魔法……！」

リアーシュが逐一解説をしてくれているが、俺はもはやつっこむ気力も起きずに頭を抱えることしかできない。

ミージュの両手のあいだに生じる魔力の塊が、煌々と輝きを放つ光球となる。

「フゥールゥーエーイー……破ァッッ！」

両腕を突きだした瞬間、光球は極大の光線となって放たれた。

容赦なき破壊の魔力光にさらされて、邪竜と化したムゥラは完全に沈黙する。

俺もセリンも、開いた口が塞がらなくなっていた。

唯一百年前のミージュを知るリアーシュは、悔しそうに地団駄を踏む。

「ずるいわお姉さま！　あたしもなりたい、超ハイエルフ・ブルー！」

「あんたも二、三回死んで神の気を取りこめばなれるわよ」

一暴れして満足したらしいミージュは、変身を解いてもとの葡萄色の髪に戻った。

「まだまだ俺は、ハイエルフについて知らないことだらけなんだろうな……」

「ヘコまなくても、あの二人を侍らせてるライオさんは間違いなく人類最強のヒモ……じゃなかった、英雄だと思いますよ」

呆然とする俺の肩を、セリンは慰めるように叩く。

英雄とは……としばし物思いに耽りたいところだが、そういうわけにもいかなかった。

「見てライオ！　邪竜の死骸が、ムゥラに戻っていくわ」

リアーシュが指さす先、邪竜の巨躯はみるみるうちに縮んでいき、鱗や翼、羽も消えてもとの姿へと戻っていく。

俺たちは警戒しつつ、絶命したムゥラのもとへ歩みよった。

「ヴィースの時も、火口に落ちなければ、ロゼが正体だってわかったのか……」

「なんだか、後味の悪い結末ね」

「《祝福のペアリング》は、使わないほうがよさそうね」

ミージュの言葉に、リアーシュはうなずいてペアリングを外した。

「さすがに今のを見せられちゃったらね……こんなのを結婚指輪にはしたくないわ」

「だな」と同調しつつも、助かった思いでいた俺は、再び胸に違和感を覚えた。

呪いの発作が起きる時に似ている……けれど、明らかにいつもと違う。

俺の身体の中でムクムクと黒いなにかが蠢いて、四肢にまで広がっていくような……。

「ハイエルフの死体だ……この肉体を、乗っ取れば……」

「は？　ライオ、なに言ってるの？」

え？　俺は今、なにかを言ったのか？

内側から裂けていくような胸の痛み。本当に、どうしたんだ、これ……。

「ゲフッ」

唐突に俺は咳きこみ、血を吐きだして、その場に膝を折った。

「ちょ、ライオ⁉　どうしたのよ突然」

俺を案ずるリアーシュの声が、とても遠くに聞こえる。

身体が、まるで俺のものではないようにいうことをきかない。

「胸からも血が出てるじゃない⁉　な、なんなのこれ？　邪竜の瘴気にあてられた？」

「落ち着きなさいリアーシュ。これは、ライオの内側から傷が開いているのよ……きっとあの呪いが、中で暴れてるんだわ」

「あの呪いってなにそれ⁉」

ずっと気づかなかったが、なにかが、俺の中にいた。

そのなにかは、俺の身体を操り、ムゥラの遺体に左手をかざす。

「ダレガツツイタ……ポコペンポコペン……ダーレガツツイタ……！」

「それ、魔法の呪文――」

「――ガハァッ！」

再び俺は血塊を吐いた。

それと同時に、ムゥラの胸に押しつけた左手が強い輝きを放つ。

瞬間、遠くに感じていた五感が、唐突に俺に戻ってきた。

胸の痛みが倍加し、一時的に呼吸すらもできなくなる。

「だ、大丈夫ライオ？　顔色が悪いなんてレベルじゃないわよ？」

「ふぁあああああっ！」

セリンが絶叫する。

「い、いいいいい今、死んだムゥラさんの指先が動きました！」

「指だけじゃないわ……！　このムゥラ、生きてる！」

数度瞬きを繰り返し、緑色の双眸が俺たちを睨んだ。

「どうやら……上手くいったようね」

死んだはずのムゥラが上体を起こし、言葉を発する。

「計画はだいぶ狂ってしまったけど、こうして復活することができた以上は些細なことだわ」

「おまえは……ぐぅっ」

「ライオ、動いちゃダメよ。薬を塗ってあげるから」

リアーシュが俺の服の前を開いて、ペースト状にした薬草を塗ってくれる。

いまだ出血は止まらないが、胸の痛みは鎮まりつつあった。

あの左手が光った瞬間に、病源が身体から抜けていったような感覚がある。

「おまえは……ムゥラじゃないな」

俺がそう言うと、ムゥラの顔をした何者かは、唇の端を釣り上げて不気味に笑った。

「もしかして……ヴィース？」

ミージュがその名を口にする。

「ムゥラが死んで、俺の中にあったなにかが、そいつの身体の中に入った……そういうことだとしたら、ヴィース以外はないだろうな」

ヴィースが死に際に唱えた呪文と、俺が今唱えた呪文はおそらく一致する。

身体を乗り換える古代の魔法の研究は、実を結んでいたのだ。

俺の中にあったのは浮気の呪いなどではなく、ヴィースの魂や怨念と称すべきものだった、ということなのだろう。

「は？　ヴィース？　ライオに呪い？　なにを言ってるの？」

事情を把握できないリアーシュが首を傾げる。

「ライオはヴィースを倒した時に、妙なものを身体に入れられて、悩んでいたのよ」

「それってあの時の変な光の……？　あたしが知らないのになんでお姉さまが知ってるのよ」

「事情があったのよ。それよりも、目の前のこいつをどうにかするほうが先決だわ」

「そ、そうですよ！　また暴れられたら大変です！」

ミージュとセリンの主張に、リアーシュも同じ判断を下す。

「あんた、本当にヴィースなの？　それで、ライオの中に入ってたわけ？」

ハイエルフ・プリンセスは強弓を握り締めて相手をにらむ。

弓の名手である彼女ならば、一秒後には相手の命を奪える姿勢だ。

「《祝福のペアリング》を嵌めた途端、ロゼの浮気を知ってショックだったのはわかるわ。あたしもライオに同じことされたら……なんて考えたら、なにをしでかすかわからないもの」

ですよね……。

「でも、あんたは一度負けたのよ。ロゼを精霊魔法で誑かしたムゥラもいなくなったし、寝取ったあの詩人に仕返ししたいっていうんなら……まぁ、止めないけど」

止めないんかい……！

ミージュとセリンも、滝のような汗をかきながら生唾を呑みこむ。

「寝取られてない……」

ムゥラの中にいる何者かが、拳を震わせた。

「寝取られてなんか、ない……！　ワタシの心は今も、ヴィースとともにあるわ！」

その言葉の意味を、俺はすぐに把握することができなかった。

寝取られていないワタシ？　ヴィースと、ともにあるって……。

「教えてあげるわ、ワタシはロゼよ。ヴィースと愛し合い、ムゥラの呪いに誑かされて過ちを犯し、最愛の人を死に追いやった、メリオスの宮廷魔術師」

「は……!?」

にわかには受け入れがたい告白だった。

「どういうこと?　ロゼは、さっきのムゥラみたいに邪竜になったんじゃないの?」

「邪竜になったのは、ワタシの肉体だけ。あの中に入ってたのは、ヴィースの魂よ」

リアーシュが問いかけ、ロゼが答える。

彼女の言葉で、腑に落ちなかった数多のことが氷解した。

そうか……そういうことか。つまり、俺たちが倒したヴィースは……!

「俺たちがあの火山でヴィースだと思って戦っていたのは、ロゼだったんだ……そして、邪竜の中にあった魂こそ、ヴィースの魂……ヴィースは肉体を乗り換える魔法を、邪竜に変身しかけたロゼに使ったんだ」

「ご名答よ――ライオ=グラード」

宮廷魔術師の魂を宿したハイエルフは、作り物めいた笑みを浮かべた。

「ヴィースはワタシを不老不死にしようとする過程で、意識を他人の身体に移動させる古代魔術の再現に成功していた。ただあの人は優しくて、ワタシが不老不死になるために他者の生命を奪うという選択肢を良しとはしなかった。ワタシも、そのことに納得していた」

なんということだろう……。

大陸中で魔王と恐れられた男は、愛する人を守るために死んだ、立派な男だったのだ。

「一年前、ワタシとヴィースはこの神殿への行き方を発見し、ここで《祝福のペアリング》を嵌めたわ。けれど浮気をしていたワタシは心の内を読まれ、ムゥラのように取り乱してペアリングを外し、邪竜に変身しはじめた。ヴィースは、瞬時にルィーカの仕掛けた爆弾を見抜いたわ。そしてためらいなく肉体を乗り換える古代の黒魔術を唱え、自分の身体をワタシに譲り、自身の魂を邪竜に変わりつつあったワタシの中へと送りこんだ……バカな人よね……自分を裏切った女のために、命を擲(なげう)つなんて」

最後の一言だけは、掠(かす)れるような小さな声だった。

「で、でもそれなら、邪竜の中にヴィースさんの意識は生きていたのではないですか？」

「肉体と魂は本来不可分なもの。肉体が変われば心も変質する。邪竜の中で人間の意識を保つなんてできないわ。さっき戦った邪竜の中にも、ムゥラの意識はなかったでしょ……」

セリンの疑問に答えながら、ロゼは拳を握りしめた。

「邪竜となったヴィースは、妖精郷を目指した。きっと、ワタシとの婚約を認めなかった故郷を、恨んでいたんだわ……だからワタシは、その願いを叶えることにしたのよ」

これが《ヴィースの叛乱》の真実……。

「まさかヴィースが邪竜を連れてるんじゃなくて、邪竜にヴィースが連れられていたなんてね……ヴィースがヴィースを倒した時の記憶が蘇る。

火山でヴィースが厄災を起こした動機がはっきりしなかったわけだわ」

ヒトである俺とハイエルフのリアーシュが組んでいるのを見て驚愕したこと、敵を前にして邪竜の死に看過することのできない隙を作ったこと、すべてが納得できた。

「あの時、俺は呪われかけたんじゃなく、おまえに身体を乗っ取られそうになってたんだな」

そうだ……ヴィースは――ロゼは――死ぬのは俺のほうだと、不気味に笑った。

「ヴィースの記憶には肉体移動の魔法のやり方が刻みこまれていたわ。リアーシュの矢で呪文を完成させることはできず、中途半端な形であなたの身体の中で眠ることになったけど、こうして新しい肉体を手に入れることができたんだから、結果オーライね」

「あんたは、まだなにかをしでかすつもりなの？」

ミージュが問うと、ロゼは神殿の床に落ちていた《祝福のペアリング》を拾い上げた。

「当然よ……あなたたちは、ヴィースの仇。許すわけにはいかないわ」

明確な敵意に、俺たちは身がまえる。

「あたしたちとやる気⁉　同情できなくもないし、ムゥラが死んだのだって自業自得だから、その身体で大人しく生きていくなら、放っといてあげようと思ったけどっ」

リアーシュ、それは善玉のセリフじゃないぞ……。

「わたしたち三人を相手にして勝てると思っているの？　あんたにはいろいろ聞きたいこともあるし、もう少し建設的な選択肢はない？」

ミージュの言葉に俺もうなずく。

ヴィースにしろロゼにしろ、すでに倒した相手だ。

加えて、今の彼女の器は俺でも瞬殺できるムゥラの肉体……セリンを戦力に数えずとも、こっちは三人。負ける要素がない。

「フン……これを見ても、同じことが言える？」

ロゼは、拾った《祝福のペアリング》にグッと力をこめてみせた。

ペアリングは容易くひしゃげ、手の平の窪みに収まるほどのサイズに丸められる。

「うそ！　神の被造物ということは、オリハルコンやダマスカス鋼で作られているはずよ！　それを簡単に潰せる握力って……！」

俺はリアーシュが持っていたペアリングを受け取った。

同様に握りつぶそうとしてみるが、渾身の力をこめてもビクともしない。

「そんな……！」

ムゥラの握力で握りつぶせるものが、俺にはどうにもならないなんて……！

「おかしいだろ！　そんな急に強くなれるなんて……あっ、まさか……！」

そういえば俺たちは、たった今急激なパワーインフレを経験しなかったか……？

「不死であるハイエルフが死の淵から生還することで飛躍的に戦闘力は上がる……本当だったようね。そしてさらに、このペアリングに満ちる神の気を取りこめば……！」

小さく丸めたペアリングを、ロゼは呑みこむ——その瞬間、ムゥラの肉体に帯びる魔力が、爆発的に膨れあがった。

「はああああああああああああああああああああ……ハァァッ！」

ルィーカの神殿が揺れる。

ブロンドだったムゥラの髪が薄桃色に輝きを帯びた。

その髪と同じ色のオーラを発して、ロゼは不敵に笑う。

「あなたたちのセンスにあわせるのなら、超ハイエルフ・ロゼといったところかしら」

「あ、あああ……」

暴力的なまで高まった戦闘力……さっきのミージュと同じだ……！

むしろあの一連の茶番が、ここに至るまでのふりだったようにすら思える。

「信じられない……わたしが三回死んでたどり着いた境地に、ペアリングの魔力を取りこむことで肩を並べるなんて……！」

「肩を並べる？　間違ってるわ。ワタシはあなたを超えている」

ロゼはせせら笑い、愕然とするミージュを急襲する。

その速度は俺の目には追えぬほど速く、消えたと思った時にはミージュの眼前にいた。

「ヤバッ！」

視界を真っ白に埋め尽くす閃光——ミージュが超ハイエルフ・ブルーになるよりも早く、ロゼの両手から魔力の光線が放たれる。

強大な光の波は褐色のハイエルフを呑みこみ、彼女を広大なルィーカの神殿の外へと吹き飛ばしてしまった。

「お姉さまッ!?」

俺たちの中で唯一超ハイエルフに変身できるミージュを最優先で狙いやがった……！

あんなデタラメなヤツに、俺で勝ち目があるのか？

いや、英雄道大原則ひとつ、英雄に逃げるが勝ち、はないっ！

「勝機は作るものだ、はあああああああっ！」

俺は剣を振り上げて、ロゼに渾身の一撃を放った。

申し分のない最高の踏みこみで確実に敵を捉えたと思ったが、ロゼは剣先の半歩先に立っていて、涼しげな顔をしている。

「ハエが止まるような攻撃だわ」

返す刃もかわし、連撃の隙間を縫って、ロゼのデコピンが俺の額を打つ。

世界が傾いだ。

激しく脳が揺さぶられ、俺は立っていることもままならなくなって膝をつく。

「がぁ、畜生ッ……！」

身体が内側でグワングワンと揺れているようで、目の焦点が合わない。

「あの褐色の外道ハイエルフは面倒だから神殿の外へ退場願ったけど、ヴィースをその手にかけたあんたたちは、死ぬよりも辛い地獄を味わわせてやらなきゃ気がすまないわ」

「なに……！　リアーシュ、逃げ……」

揺れる視界を堪えて立ち上がろうとするも、みぞおちを蹴り上げられる。

桁外れなパワーの前に鎧は意味をなさず、俺の身体はボロ雑巾のように吹っ飛ばされた。

「あら、やり過ぎちゃったかしら？　まだ死んでないわよね」

全身の骨が砕けたかと思うほどの衝撃。

俺の半身は、神殿の巨大な円柱に埋まっていた。

「ライオッ!?」「ライオさんッ！」

リアーシュとセリンの悲鳴が耳に届くも、俺の意識は落ちかけていた。

指先すらも動かせない自分が、腹立たしい。

頼む、リアーシュ、セリン……二人とも、逃げてくれ……。

シーン4　暴露　～リアーシュの視点～

一瞬にして、お姉さまとライオがやられてしまった。

正直、目の前で起こったことを受け入れられない。

ムゥラの身体を乗っ取ったロゼ……間違いなく、出会った中で最強の敵だった。

とはいえ、あたしの辞書に『後退』の二文字はない。

王族たるものの義務として、ライオはもちろん、セリンだって、守らなきゃいけない。

矢筒から伸びる矢羽を掴み、左手には強弓をかまえながら、近くのセリンに指示を出す。

「セリン、あんたライオを担ぐくらいの力はあるでしょ。それで逃げなさい」

「え、でも――」

「足手まといだって言ってるのよ。二人を庇いながらじゃ、さすがのあたしも勝てないわ」

「……わ、わかりました。この状況ではリアーシュさんに賭けるしかなさそうですね」

セリンはすばやく踵を返して、ライオが突き刺さった円柱のほうへ走りだした。

「逃がさないわ」

「あんたの相手はあたしよ！」

セリンのほうへ右手をかざしたロゼに、矢を射かける。

あたしの矢は狙いあやまたず、敵の右腕を貫いた。

が、ロゼは微動だにせず、魔力の光球を手から放つ。

「きゃあああっ」

魔力の塊を背中に浴びたセリンは、つんのめるようにして倒れ伏した。

床にぶつけた頭からは血が流れ出て、神殿の白い床をゆっくりと赤く染めていく。

「ロゼッ」

ロゼが立っていた。

「大丈夫よ、殺してはいないわ」

セリンを案じて固まってしまったあたしのすぐ横に、ロゼが立っていた。

右腕に刺さった矢を抜きながら平然とした顔で、あたしの腕から弓をもぎ取る。

「今のワタシに、こんなオモチャが通用すると思ったの？」

万力のごとき握力に、あたしは抗う術を持たなかった。

天地がひっくり返り、床に組み敷かれる。

「あのハイエルフ・プリンセスが……ふふっ、まったくいい格好だわ」

あたしを押さえつけるロゼは、下卑た笑みをゆっくりと近づけてくる。

本能的な恐怖があたしの身体を射竦めさせた。

中身がロゼでも、身体はムゥラだ。ライオ以外の男の身体を無理矢理に近づけられて、鳥肌が立たずにはいられない。

「怯えちゃってかわいいわよ。でも怖がることはないわ。ワタシはただ、親切に教えてあげようと思ってるだけ」

「な、なにを……？」

「ライオ＝グラードがこの数日間してきたこと。そして、あいつが教えられなかった本当の赤ん坊の作り方よ」

「はぁ？　なんで、今そんなことが」

「とぼけなくてもいいわよ。さすがに薄々気づいてはいるんでしょ。どうして、ライオからミージュやセリン、王女殿下のにおいがしたのか」

　ロゼが、力任せにあたしの胸当てを奪い去り、服の上から胸を鷲掴みにする。

　喉が張りついて、気味が悪いのに悲鳴を上げることもできない。

「ハイエルフ・プリンセス……あなたが想像しているとおりよ。ライオ＝グラードはこうやって同じように女にまたがり、胸を揉み、顔を埋め、先端を吸った」

「なにバカなことといってるの！　ライオに限って、そんなこと――」

「なかったって、本当に言える？　あいつは、浮気の呪いをかけられていたワタシの魂を、ずっと身体の中に宿していたのよ」

　あっ……。

　お姉さまとライオが言っていた、ライオにかけられた呪い……。

　あたしには知らされていなかった……。

　それはつまり、あの二人は、あたしに言えないことをしていたから……。

「嘘よ！　信じないわ！　せめて、ライオの口から聞くまでは――」

「そう言うと思って用意してあるわ。ライオの中で息をひそめていたワタシの意識は、あいつの罪をすべて知っている。あいつがしてきたことを、見せてあげる」

ロゼが、右の手の平をあたしの額にくっつける。

頭の中に送られてくる映像。ライオ視点の記憶。

ライオが、お姉さまとキスをしている。セリンとも、王女殿下とも、あの人魚とも。

あたしのベッドの上で、お姉さまと交わった。

あたしが、すべてを捧げるつもりで臨んだあの温泉で、その前にセリンとやってた。

呪いにあやつられ、理性を失い、本能のままに、あたしが知らなかったことをしている。

男の人の乳首を吸うのではない、本当の性の交わりを。

そしてそのあと、何食わぬ顔であたしの前に立って……。

「どう？　ライオ＝グラードがしてきたことを知った感想は」

ウソだ、とは、言えなかった。

これがライオのしてきたことなのは、間違いないんだろう。

目に涙がにじむ。

悲しいよりも腹立たしいよりも、むなしい気持ちが胸を満たして、胸をまさぐってくるロゼに対して抵抗する気力も湧かない。

「ふふ、いい具合に仕上がったようね……それでは、姦通式といきましょうか」

ロゼがあたしの上から退き、膝を掴んで足を開かせた。

スカートがめくれ、ショーツがあらわとなる。

「ヴィースを殺した……あなたたちの大切なものを、すべて奪い、台無しにしてやるわ」

ロゼはズボンの中から男性器を出した。

パンパンに膨れあがり、グロテスクに屹立している。

ライオの記憶を見せられた直後でも、あんなものが身体に入るなんて信じられなかった。

「い、いや……」

あたしは反射的に逃れようとしたが、ロゼはスカートの裾を掴んでそれを許さない。服が破けるのもかまわずにあたしがもがくと、今度は指が食いこむほど太ももを強く掴んで、彼女のほうへと引きよせる。

「逃がさない……けど、たしかに姦通式はライオが起きている時にしたほうがいいわね。自分のものになると信じて疑わなかった婚約者の処女だもの……目の前で奪えばあいつの絶望に歪む顔が見られるわ」

あたしは正直、内心でほっとした。

ライオが目を覚ますまで、あのグロテスクなものを近づけられずにすむ。

しかしロゼは、そんなあたしの心を見透(みす)かしたように男性器をショーツに押しつけてくる。

「それまで、あなたで遊ばせてもらうわ……」

「いや、やだ！」

「痛くはしないわ。気持ちよくなるように快楽を引きだしてあげる」

ムゥラの身体を乗っ取った魔女はあたしの足をオモチャにして、太ももで肉棒を挟みこんだ。

火傷しちゃいそうなくらいに熱く、肌が傷ついてしまいそうなほど硬い。

ライオのそれを握っていたお姉さまやセリンの表情が、脳裏に浮かぶ。

こんな凶悪なものを、二人とも、あんなに嬉しそうに…。

ロゼが腰を前後に動かしだすと、ゾワゾワした変な波が背すじから全身へと広がっていく。

「いやぁ、あっ……！」

初めての感覚に、掠れてうわずった声がこぼれてしまう。

ロゼは嗜虐的(しぎゃくてき)な笑みを浮かべて、あたしの服を縦に引き裂いた。

前で胸を支えていた紐は千切れ、白いふくらみが外気に曝される。

恐怖と羞恥心(しゅうちしん)で頭の中を灼かれ、なにも考えられなくなっていた。

剛直には凹凸があって、動く度にあたしの太ももや最も敏感な場所をこすっていく。

「乳首が硬くなってきてる……処女のくせして身体はいやらしいわね」

「ふぁ……はぁ、んんぅ、や、なの……そこぉ」

胸の先端を弾くように引っ掻かれると、身体は芯から痺れていった。

いやらしい気持ちがこみ上げて、もうなにもわからない。なにも考えられない。

「顔が蕩(とろ)けてるわよ……気持ちいいでしょう」

「や！　ちが、そんなの、ん、んんぁっ、はぁんっ……！」

「違わない……こんなに濡らしてなにを言ってるの」

ロゼはショーツの内側に指を差し入れて、透明な液体をすくい取った。汗ではないあたしの内側から滲みでたものを見せつけ、指ごと口の中に突っこんでくる。

「んぐっ！　んんっ、ひぃゃぁっ……」

すっぱくて、変な味……口の中、犯しゃれへ……。

「気持ちいいって、認めなさい……！　ワタシが、呪いでそうさせられたように！」

このおぞましい時間を一刻も早く終わりにしたい……どうせ、抗えないのだ。

そう思えば、自分の心を偽ることなど、どうということもないと思えた。

王族としての誇りなど、とうの昔にこの身を焦がす羞恥の炎で、灰となっている。

「……いい……」

大粒の涙が、頬を伝った。

「なに？　聞こえないわよ、もっと大きな声で言いなさい」

「──ッ！　きもち……いい、です……」

嘘は口にした途端、身体の隅々にまで浸透した。

堕ちていく。刺激のままに反応する悦びを、この身体は知っている。

途端、身体の奥底から巨大な波のようなものが巻き起こり、うねりとなって全身を蹂躙した。

まるで雷に打たれたように背は弓なりになって、痙攣する。

それとほぼ同時に、男性器の先端から白い粘っこい液体が放出され、あたしの破れた服から
お腹、胸までも汚した。

熱くて、ベトベトして、クサい……これが男の人の……。

「汚れたわね、リアーシュ」

あたしの顔を掴んで、勝ち誇ったロゼの――ムゥラの顔が、正面に迫った。

汚された……？

その言葉を向けられた瞬間、消えかかっていた恐怖が、これまでの何倍もの重さで心にのし
かかってきた。

これは、罰だ……恐怖から目を逸らし、嘘を受け入れてしまったことへの……。

「やだ……やだよ。こんなのやだ……助けて、ライオぉ……」

たとえ裏切られたとしても、真っ先に唇に乗るのは彼の名前だった。

裏切られても、騙されても、やっぱりあたしは、好きなのだ。

そして、絞り出したその声に、返事があるとは思っていなかった。

「ごめん、リアーシュ……遅くなった」

その声の主はロゼの真後ろに立っていて、あたしを穢した魔女を、顔面が潰れるほどの勢い
で、ぶん殴った。

シーン5　終幕

目を覚まし、ロゼに汚されて茫然自失のリアーシュが、視界に飛びこんできた。

光彩を失った彼女の薄緑色の瞳に、もうすべてがバレてしまったことを悟る。

俺は、愛するリアーシュを裏切っただけでなく、悲しませることまでしてしまった。

自身への不甲斐なさとリアーシュへの申し訳なさで、今ここで命を絶つことを真剣に検討する。しかし。

「助けて、ライオぉ……」

リアーシュは、そう言った。

この期に及んで、まだ俺に救いを求めてくれた。

こぶしを握りしめ、半身が埋まった円柱から這いでて、床を蹴った。

まだ死ぬわけにはいかない。彼女を救わなければならない。そのあとでリアーシュに殺されても、破談を突きつけられても、この状況よりは何万倍もマシだ。

どんな結末が待ち受けていようと、そんなことは些細なことなのだ。

俺はリアーシュが好きだ。リアーシュを泣かせたヤツを、許すわけにはいかない。

正直な自分の想いを拳に乗せて、ロゼを殴った。

「ごめん、リアーシュ……遅くなった」

射精直後の生物として最も無防備な状況に、渾身のパンチは効いた。

血とともに折れた歯の何本かが口から飛びだし、ロゼの身体は面白いほどに床を転がる。

「くっ……目を覚ましたか……！」

ロゼはすばやく飛び起きて、口元を拭った。

見た目以上にダメージが入っていないのか……やはり、俺とこいつとでは逆立ちしたって縮まらない実力差があることを痛感させられる。

ロゼは俺の心を見透かしたように、血に濡れた唇で弧を描いた。

「全身全霊の一撃だったんでしょうけど、ワタシを倒すには遠く及ばないわね」

「勝ち目がないことくらい、わかってるさ……」

強がった笑みを返してみせる。負けるにしても、ここで引き下がるという選択肢はなかった。

考えろ……戦闘力で圧倒的に劣っていても、リアーシュを逃がす時間稼ぎならできるはずだ。

「だったら、そこでリアーシュが犯されるところを指をくわえて見ていることね」

ズンッと、みぞおちに叩きこまれる突然の衝撃。

ロゼの膝蹴りが目に追えぬ異次元の速度で決まったのだと悟った時には、俺は為す術もなくその場に膝をついていた。

「ライオッ！」

リアーシュの悲痛な声が響きわたる。

状況は途方もなく絶望的であったが、俺は胸の内に温かいものを感じた。

いよいよ頭がおかしくなってしまったというわけではない。

あれだけのことをした俺を、リアーシュが案じてくれたのが単純に嬉しかった。

彼女に償いたい。おまえだけを愛しているんだと、あの薄緑色の瞳を真っ正面に見つめながら伝えなきゃいけない。

そしてそのためには、目の前の敵を、まず倒さなければいけない。

全身に湧き上がる力が、ヒントになった。

「さあ、高潔なハイエルフ・プリンセスの姦通式をはじめ――」

「そんな女のことは、どうでもいいんだ」

再びリアーシュに覆いかぶさらんとしたロゼの、耳ざわりな声をさえぎるように告げる。

「俺以外の男の精液をぶっかけられた時点で、もう興味なんかない」

神殿の空気が凍りついていくのを、肌で感じた。

「え？　ライオ……なにを言って……」

「俺は……本音を言えば、処女しか愛せない男なんだ」

声を震わせるリアーシュには一瞥もくれずに言った。

一瞬きょとんと目を瞬かせたロゼは、はじけたように笑う。

「ふっ……フハハハハハハ！　婚約者を汚されて、気でもおかしくなったかしら？　土壇場で、醜い本性をさらしたわね！」

「う、ウソでしょライオ……てか、あたしまだ処女よ！」

「ごめんな、リアーシュ。婚約は解消だ。俺みたいな男、そっちだって願い下げだろ」

「ごめんって……そういう意味なの？　ちょっと待ってよ、あたしは――」

大粒の涙をこぼしてすがりつこうとしてくるリアーシュを、俺は振りはらった。

俺の非情な振る舞いに、ロゼも驚きを顔に貼りつかせる。

「それよりもロゼ……俺は、おまえが欲しい」

「は、はぁっ……!?」

「おまえのその身体を乗り移る魔法……それさえあれば、何度でも処女になれる。俺は何度でも処女とヤれる。理想の魔法だ」

予想だにしなかった俺の言葉に、魔女は混乱の極みに達して頭を抱えた。

「ば、バカなッ……なによその最低の発言は……！」

「英雄だなんだと肩肘を張って生きていくのは疲れた。俺は自分の性欲の赴くままに生きる……ゆえに、おまえが欲しい。俺を解放してくれたおまえを、愛おしいとすら思う」

「愛おしい？　な、なにを……そ、そうか！　あんたの狙いは……！」

ロゼは瞳孔を開き、胸を押さえて片膝をついた。

「狙い？　なにを言ってるんだ？　俺は本当に、おまえを愛してる。可哀想な境遇に同情した。辛かったな。一人で頼れるものもなく、大変だったろう。俺がヴィースの代わりになってやる。どうしてほしい？　なんでもおまえの望みを叶えてやるよ」

「くぁぁっ……傷心の乙女心を弄ぶような奸計を図って……！　やめろ、処女厨などというのは嘘だ！　あれだけミージュと交わっていたくせに！」

俺が仕掛けた作戦の意図を察し、ロゼは指さして糾弾してくるが、もはや手遅れだ。

「あれは呪いのせいだ。俺は処女が大好きだ。処女が嫌いな男なんていない」

「ワタシだって、処女ではないわ！」

「心なんかどうでもいい。大事なのは処女膜の有無だ。その点でおまえは、最高の女だよな。たとえ今、男の身体であったとしても」

「が……ああああああああああああああああああっ！」

ロゼは、頭を抱えて苦しそうに絶叫する。

俺を翻弄した浮気の呪いは、本来、俺の中に魂を送りこんだロゼにかけられていたもの。ムゥラの身体に入ったロゼの魂には、まだあの浮気の呪いがかかったままだと踏んで、この逆転の一手に賭けた。

他者からの好意を拒めなくさせる闇精霊の誘惑。

ようは認識の問題だと、ミージュは言っていた。

デタラメでもなんでもいい。俺がロゼを愛していると彼女が認識すれば、その矛先はリアーシュではなく俺に向くのだ。

リアーシュがいまだ俺の身を案じてくれていると気づいた時に湧き上がる心強さ——すなわち、愛の認識——が、この最低最悪の作戦を与えてくれた。

リアーシュをもう一度傷つけてしまうのは心痛むが、彼女が逃げる時間を稼げるのなら、彼女へのこの想いを貫けるなら、どんな汚名を着たってかまわなかった。

「ロゼ、俺はおまえを、愛してる」

一年以上、たった一人で空まわり気味の復讐に心を砕いた魂は、案の定甘い言葉に弱かった。

揺れ動かせさえすれば、あとは呪いがやってくれる。

「うがああああああああああああああああああああっ！」

浮気の衝動に流されて、ロゼは俺に飛びかかってきた。

抵抗せずに、そのまま押し倒される。

まったく、俺たちはこの呪いに振りまわされまくりで、その一点に関しては本当におまえに同情するよ。

情欲に溺れたムゥラの顔が迫り、俺は恐怖する。ミージュも、セリンも、王女殿下も、こんな風になった俺を受け入れてくれてたのか……そう思うと、本当に申し訳ない。

グッバイ、俺の純潔……。

痔の薬、セリンが持っててくれるといいな……。

「ちょっと待てえええええええええええええええええええええっ！」

リアーシュが叫んだ。

俺に覆いかぶさったロゼの……というか、ムゥラの股間を蹴り上げる。

生命の種子を刈り取る、死神の大鎌のごとき一閃――。

「ぁあああああああああああああああああああああっ！」

ロゼは俺の上から転がり落ちて、股間を押さえながら激痛にのたうちまわった。

目を血走らせ口からは泡を吹き、その痛みは俺でも想像を絶する。

超ハイエルフといえども、そこばかりは鍛えられないのか……！

「ライオも、いっとく……？」

ごくりと生唾を呑みこんだ俺に、リアーシュは幽鬼を思わせる空ろな目で尋ねてくる。

「待ってッ！！」

俺は全力で首を左右に振った。死んでもかまわないとは言ったが、どんな死に方でもいいとは言ってない！

「ぐううううう〜〜〜っ！　へご、ゲホッ！　うぉおえエエエッ！」

地獄の苦しみに喘ぐロゼは、口からなにかを吐きだす。

それは、神の気を取りこむために呑みこんだ、《祝福のペアリング》だった。

四つの身体を渡り歩いた魔女は、上体を起こしてこちらをにらんでくる。

「ライオ＝グラード、リアーシュ……許さん！」

「まだやる気なのか……！」

「当然だ！　貴様らに、ヴィースを殺した罪を償わせるまでは……」

「罪って、自分たちを棚に上げてよく言うわ！　仮に一億歩ゆずってあんたらが哀れなカップルだとしてもね、妖精郷や罪もない人たちを襲ったことは許されることじゃないのよ」

リアーシュは瞳の奥に怒りの火を灯して、いつもの調子を取り戻したようだった。破けた服でも恥じらうことなく床に落ちていた強弓を拾い、臨戦態勢をとる。

「過ちを犯してしまったワタシに対して、ヴィースは残酷なほどに優しかったのよ……邪竜となってしまっても、妖精郷を目指そうとしたのが彼の本能なら……ワタシはそれに従うしかないじゃないのっ！」

痛みを堪えながら、ロゼは叫んだ。

俺は、首を左右にふる。

「それは違う。愛している人が過ちを犯そうとしているなら、それを止めるべきだったんだ」

「フンッ……この期に及んで、説教を垂れるつもりか……呪いの誘惑に負けて何度も過ちを犯した貴様にだけは言われたくないっ」

ロゼは吐きだした《祝福のペアリング》に手を伸ばす。

俺はもう呑みこませまいと、ヤツの前に立ちはだかって、ペアリングを遠くに蹴飛ばした。

「おまえの言うとおりだよ……けど、だからこそ間違っていたと断言できる！　真っ正面から、おまえのやったことを否定してやれる！」

「ふざけるな！」

ロゼは鋭い蹴りを放ちながら立ち上がる。

俺は半身を反らして、それをかわした。

神の気を失い、さらにいまだ地獄の苦しみに悶えるロゼならば、俺でも戦える。

「ロゼ、おまえの過ちは、自分が犯した罪に怯え、邪竜になったヴィースに従うだけの卑屈な人形になったことだ。その時に、おまえとヴィースの愛は、本当に終わったんだ。おまえの振るまいが、ヴィースの遺志までも殺したんだ！」

「黙れっ！　だまれだまれぇっ！」

ロゼの手の平に、魔力が集まる。

しかし、それを撃ちだすよりも先に、俺の背後から飛びだしてきたリアーシュの矢がロゼを襲った。

「あぐぅっ！」

避けようとするも矢は肩を射貫き、敵はよろける。

「おまえ一人の妄執に、俺とリアーシュの愛が負けるわけにはいかない……っ！」

俺は剣を拾い上げると、すばやく間合いを詰めてロゼの心臓に突き立てた。

「ガハァッ……！」

再び身体を入れ替える古代魔術を使われないよう、剣の柄を放して後退する。

鮮血を吐きだした魔女は、胸に刺さった剣を抱くようにして横向きに倒れた。

「おのれ……英雄の安い挑発に乗ってしまったわ……」

「きっとヴィースは、あんたを許してくれる……だから、もう休め」

ロゼは、瞳だけを動かして俺を見る。

「バカね……過ちを犯したワタシを、なおも生命を擲って助けてしまうあの人の優しさに怯えていたのよ……ワタシは、許されたくなんか……」

「あんたの罪はこれで裁かれた。あの世で胸を張ってヴィースに会えばいい」

俺の言葉に、魔女はわずかに笑った気がした。

「見つけたワタシの日記……あれは、ヴィースが眠る、あの火口に捨てて……」

俺は、はっきりとうなずく。

まぶたを閉じて、ロゼは、眠るように死んだ。

神殿は息を止めたような、張りつめた沈黙に包まれる。

「……辛勝だったわね」

「まだ、なにも終わってないだろ」

「そうね」

リアーシュは強弓に矢を番えて、俺に向ける。

俺は両手を広げて、彼女にすべてを委ねる意を示した。

愛するリアーシュに殺されるなら、本望だ。別れを告げられても、文句はない。

「ライオ、最後になにか言い残すことは？」

「ごめん」

即答した俺の瞳を、リアーシュは真剣に覗きこんでくる。

「それだけ？」

「リアーシュのこと、愛してる」

口にした瞬間、ハイエルフ・プリンセスは、引き絞った矢を放った。

矢は俺の右頬をかすめ、赤い筋を残す。

「……愛してるって、どういう意味？」

リアーシュは、試すように尋ねてくる。

とっさに言葉が見つからない……難しい問いかけだった。

しかし、さしてデキがいいわけではない頭を使うのは、やめようと思う。

今の俺の偽らざる心を伝えるのが大事なのだ。リアーシュは、それを欲しているのだ。

「リアーシュの傍に、ずっと一緒にいてあげたいって意味だ」

「いてあげたい、なの？　いたい、じゃなくて……」

「俺一人の気持ちの問題じゃないからな。リアーシュには俺のそばに、ずっといて欲しい」

愛はきっと、行為ではなく状態なのだ。

そして、与えることなのだ。

渡す側と受け取る側の双方がいなければなり立たない、関係の問題なのだ。

だから愛することとは「あなたは孤独ではない」と大切な人に伝えることなのだ。

「リアーシュが一人にならないように俺も不老不死になる。それが今の望みだ」

ハイエルフ・プリンセスはまぶたを閉じる。

その目尻に、真珠のような大粒の涙が光った。

「あたしも、ずっとライオと一緒にいたい……」

リアーシュは弓を捨て、俺に抱きついてきた。

俺はしっかりと彼女を抱き止める。

「ライオのこと、絶対に許さないから……ハイエルフの嫉妬は、百年単位よ」

「うん、それでいい……俺も一生をかけて償う」

俺たちはお互いのぬくもりを感じながら、初めて唇を重ねた。

俺たちが天空神殿から帰還したその日の夕方に、ミージュは帰ってきた。

あまり心配はしていなかったが「いやあ油断しちゃったー☆　ライオたちは死なないですんだ？」と軽いノリで言われた時は、少しだけ殺意が湧いたことを添えておく。

セリンはリアーシュに平謝りして「とりあえず保留」ということになり、フィリア王女殿下に関しては「あえて口出しはしない」とリアーシュは告げた。あえて、がミソである。人魚たちに関しては「あーもう面倒くさい！」とキレて、以降なにも言わなくなった。青毛の人魚エルゥには、後日、子胤を提供できなくなったことの詫びを持っていくつもりである。


そして、夜。

俺に割り当てられたメリオス王宮の貴賓室のベッドの上。

俺とリアーシュは一糸まとわぬ姿となって、今、ひとつに繋がろうとしていた。

「いくぞ……リアーシュ」

「うん……って、やっぱちょっと待って！　ふつーに考えてそんな大きいの絶対に入らないし、ああ無理無理無理無理無理無理無理無理！　死ぬ死ぬ死ぬ死ぬ死ぬ死ぬからやめてやめろっ！」

「もうこのやり取り十四回目なんだけど」

リアーシュの裸を目の前にお預けを食らっているので、俺のも痛いくらいに張っている。

「だってぇ！　こわいものはこわいんだもんっ！」

涙目になって訴えてくる。こわい目に遭ったのはわかるけど……。

「なら、今日はもうやめとくか？」

「それもだめ！　あたしだって、今日ライオに全部捧げるって決めたの！」

これは、リアーシュから提案してきたことだった。

不老不死を目指す俺たちの旅はこれからも続いていくが、リアーシュは「それまで待てない」「エッチと思われたっていい」「故郷の掟なんてクソ食らえよ！」と言い切った。

俺も、二つ返事で彼女に同意した。

「じゃ、もうちょっと下準備するか」

俺はリアーシュの頭をなでてなだめてから、彼女の背後から胸や秘部へと手を伸ばした。

「や、はぁ、ん、んっ……キスも……」

肩越しのおねだりに応じて、キスの雨を降らせる。額やまぶた、顎、うなじ、首筋。

そして最後に、唇と唇を重ねる。

右手で胸の蕾を摘みながら、左手でリアーシュの隙間にそっと指を入れると、腕の中で心地よさそうに身体を震わせる。

そこはすでに充分なくらいに濡れていて、指の二本くらいならば容易く呑みこんだ。

「はぁ、んんっ、や……ちゅーしながら、かきまわすのぉ……」

「しっかりほぐしとけば入るようになるからさ」

「んぅ……もぉ、すっかり手慣れてるぅ……」

薄緑色の瞳に涙をにじませて睨まれると弱い。実際、慣れてしまったのは事実だ。

「本当なら、年上のあたしがリードしてあげるはずだったのに……」

むくれるリアーシュの頭をなでながら「力を抜いて」と耳にささやく。

「や、耳……」

「ん、耳が好きなのか」

いいことを知った。俺は彼女の尖った耳に息を吹きかけたり甘噛みしたりしてみる。

「あ、んっ……それ、らめっ！　にゃああっ！」

露骨に呂律（ろれつ）がまわらなくなるのが面白くて、耳の穴の中に舌を入れて舐めると、リアーシュは背中を反らせて、俺の腕に爪をたてた。

「──いつっ」

「あ、ごめん……」

俺の腕に滲んだ血を見て、ハイエルフ・プリンセスは申し訳なさそうに眉尻を下げる。

「気にすることないって。こんなのは男の勲章だよ」

「けど……あたしの本意じゃないわ」

思い悩むリアーシュは何事かぶつぶつと独り言をこぼした後、意を決したように告げた。

「決めたわ……ライオ、あたしの腕を縛って！」

「はい？」

「あたしのこのリボンで、ぎゅーって！　そしたらもう暴れることもできずにライオのものになるしかなくなるでしょ！」

「自分でなにを言ってるのかわかってるのか？」

尋ねるもリアーシュの決意は固く、ツインテールに巻いていた白いリボンと一緒に両手を差しだしてくる。こりゃ、もう縛る以外選択肢はなさそうだった。

「じゃ、じゃあ……本当にやるぞ」

「どんと来いよ！　って、えっちょっ、まっ……そんなに強く結んだら、本当に身動きがとれな……」

いざ縛りはじめると、狼狽しはじめるヘタレピュア・プリンセス。

俺はもはや彼女の気まぐれには応じずに両手を縛り上げて、ベッドの上に横向きに倒した。

「あぅ……あたし、ライオに征服されちゃった……」

「これからが本番だろう」

縛られて強ばる身体を愛撫しながら、俺は側位の体勢で、今度こそ挿入を試みる。

リアーシュの最も大切な場所は縛る以前よりも切なさを増して、にじみ出た透明な液体は太ももにまで及んでいた。

剛直は、柔らかな入り口をそっと押し広げて、奥へと進んでいく。

「や、んぅ……入ってる……」

「痛むか？」

「平気……ライオが、優しくしてくれてるって、伝わるから……」

実際、挿入までにこんなに時間をかけたことは初めてだった。

リアーシュの様子を見ながら根元まで入れると、彼女を後ろから、きつく抱きしめる。

「全部、入った……もぅ、二度と離さないからな」

「うん……あたしの中、どう？」

「どうって……俺は今、これまでの人生で、一番幸せだよ」

「よかったぁ」

俺たちは、この夜を身体に深く刻みつけるように、ゆっくりと愛し合っていく……。

「ふぁ、あ、ん、んん、や、あ、あああんっ」

「リアーシュ、は、激しすぎ……！」

「だって、ライオの硬いまんまで、奥まで届くからぁ……腰、動いちゃっ——」

三度目の交わりだった。

あくまで主導権を意識するリアーシュは、俺の上にまたがり、腰を上下させる。

コンプレックスだった巨乳がはずんでしまうことを気にする余裕はなさそうだった。ツインテールにしたブロンドの髪や首にかけた守り石のタリスマンも乱れ揺れる。

「もうちょい、ペースを落としても……ああぁっ」

「だめ！　お姉さまよりもいいって、ライオに教えこまなきゃ――んんっ！」

両腕のリボンの縛め(いまし)はすでに解け、どこかにいってしまっていた。

絡みつく灼熱の官能は俺の五感を支配し、天上の悦楽へと昇りつめさせる。

「んなこと、教えられなくったって、わかってるよ！」

「ひゃ、あ、ああんっ」

理性の歯止めがはじけ飛び、俺は本能の猛るままに腰を突きあげて、眼前で揺れる二つの果実に吸いついた。

薄桃色の乳嘴を甘噛みしながら、奥の深いところを貪る(むさぼ)ように叩きつける。

「ずっとリアーシュと、こうしたかったんだから……！」

「ライオぉっ……だいすきっ……だからぁ、もっと……激しく……っ」

「リアーシュ、俺も、愛してる」

息も絶え絶えになりながら、お互いの名前を呼んで、俺たちは同時に達した。

力尽きたリアーシュは倒れこんできて、熱い呼気で俺の首を湿らせる。

「はぅぅ……ライオぉ……もう、絶対に離さないからね……」

「ああ……でも、そんな心配しなくても、もうリアーシュ以外は抱かないよ」

「その点はあんまり心配してないけど……破廉恥なお姉さまならいろいろしてくれたのに、とか、ちらっとでも思われたらいやだもん」

「そんなこと……」

「ないって絶対言える？」

薄緑色の瞳でじっと覗きこまれて、俺は頭をかいた。

「ないよ」

「うそ。あたしのお姉さまは、そんなに甘くないのよ。あたしのお姉さまなんだから」

これだ……なんだかんだでリアーシュは、ミージュを魅力的な女性と認めているのだ。

「どうしたら信じてもらえるんだよ」

「嘘をついたんだから、当分信じてあげないわよ。だから、やって欲しいこと、恥ずかしがらずに全部言って。あたしも、とことん付き合うから」

浮気男の分際で、彼女にこんな健気な言葉をかけられているのだ。一秒後に地獄に落ちたって、おかしくはないだろう。

「認めるのは癪だけど、今回のことがあったおかげで、あたしはライオと本当に永遠の時間を生きてけるような気がしてる。ライオのことを繋ぎとめる努力は惜しまないっていうか、努力とも思わないから。さぁさぁ、リクエストを言って！」

そう告げる天真爛漫な笑顔には、必死さや焦りといったものはない。純粋にもっと俺と愛を深め合っていくことを希望し、期待してくれているのだ。

ここは、リアーシュが傍にいてくれるだけで充分、などと答える場面ではなかった。

「リクエストかぁ……」

とっさに、いつもミージュが事後にやってくれていた口での奉仕を思い出した。が、本当にミージュがやってくれたことをお願いするのは憚られる。

いかにもハードルが高い上に、あれはミージュの舌技があってこそのものだし……いやいや、そうじゃねぇ。

リアーシュとやっている最中にリアーシュから目を逸らすようなことは、俺だって本意じゃないんだ。そういうことだ。

「じゃあ、その……胸でしてもらうのって、いいか？」

俺が真にリアーシュに望むことをリクエストすると、リアーシュはそれを読んでいたのか、「待ってました」と言わんばかりの笑みを浮かべた。

「やっぱりライオは、おっぱいが好きな、甘えたがりなのね」

「ほんと、手がかかるんだから♪」と笑みをこぼして俺のを胸で包んでくれる。

「いつも邪魔だって思ってたけど、ライオに求められるのは、いやな気分じゃないかも」

吸いついてくるようなやわらかな感触。

三ラウンドを経てさすがに萎えかけていた分身も復活しだす。

「うそ！　おっぱいの中で大きくなってる……なにこれ」

「いや、そんだけ気持ちいいってこと——いたっ！」

先端部分に硬い刺激が当たる。どうやら、リアーシュが首にかけた守り石のタリスマンが、俺のにあたったようだった。

「やだ！　お母さまがくれた光精霊の加護が汚れちゃう」

リアーシュは、慌ててタリスマンを首から外して、枕元に畳んだ服の上に置いた。

俺は自身の大きさを誇りつつ、ふと思う。

そういえば、まだひとつだけ、解けていなかった謎があった。

相手から恋愛感情を向けられることが呪いの発動条件ならば、どうしてリアーシュに対して、ずっと呪いの発作が起きなかったのか。

「リアーシュ、その光精霊の加護って……どういう効果があるんだっけ？」

「闇の精霊の魔力を封じる効果があるって、お母さまは言ってたわね」

説明しながら、リアーシュは改めて胸で俺のをはさみ「どう？　気持ちいい？」と、はにかんだように微笑んだ。

俺は、リアーシュに愛されているんだという実感を得ると同時に、心臓に絡みつく蛇のイメージを思い浮かべた。

あれ？　なんだこれ……。

ロゼの魂がなくなり、すっかり俺の呪いは解けたとばかり思っていたけれど……。

まさか、呪いは伝染するとでもいうのだろうか……？

「どうしたのライオ、息が荒いわよ？」

まもなく俺は完全に理性を失い、呪いによる獣のような交わりをリアーシュに強要することになるだろう。

この怒張をリアーシュの口に突っこんで、初夜を台無しにしてしまうに違いない。

そして俺は翌朝、傷ついた君に平謝りをする羽目になる。

……どうやら、俺たちの旅は、もうしばらく難儀なものになりそうだ。

「んにゃあああああああああああああああああああああっ！」

夜明けの迫るメリオス王宮に、リアーシュの悲鳴が木霊した。

あとがき

邪竜討伐のクエストを成功させ、英雄となったライオ＝グラード。

彼は、相思相愛でありながら、なかなか素直になれないでいたハイエルフ・プリンセスのリアーシュと、ようやく婚約に漕ぎつける。

ハイエルフ嫁との幸せな結婚生活を夢見て不老不死になる決意をしたライオは、しかし新たな旅立ちの前夜、リアーシュの姉であるミージュに誘惑され、ムラッときて3Rに及ぶグランドクロスを敢行してしまう……。

「自分の意思じゃなかった！」

「俺は悪くねぇっ！　俺は悪くねぇっ！」

と主張するライオは、実際妙な呪いにかかっているようで……!?

「ナチュラルボーン魔王なリアーシュにバレたら、この世界が滅びかねない……！」

絶対にバレてはいけないラブコメファンタジーが開幕する……！


ということで、新シリーズです！

はじめまして、あるいはご無沙汰しておりました、早矢塚（はやづか）かつやです。

おまえ誰だよ、と思われても仕方がない！

前回の本からすでに二年半……え？　二年半……!?

「こんなことになるはずではなかった……」と愕然としていても、いつのまにか二十路を過ぎているし、頭頂部も薄くなっている。

歳月人を待たず、月日に関守なし。

いやぁ、〆切り前はいつも実感しているハズなのに、こんなところでも！

そらぁ異世界転生モノ異世界転生モノって言われるわけですわ。

若返りたい、オラも人生巻き戻してやり直してぇ！

……で、この二年なにをしていたのかというと、主にソシャゲ系のテキストおじさんをしてました。

現在も好評稼働中の『戦の海賊』、すでにサ終してしまった『星のガールズオデッセイ』や『23／7』など、その他、公表することができない仕事なんかもいくつか。

今後もそれなりにビッグな感じのするタイトルに参加する予定もあるので、ご注目いただければ。

さて、話を戻して本作『浮気は恥だが役に立つ』略して『うわ恥』について。

個人的には主人公ライオとヒロインたちの愛ある掛け合い＋αを楽しんでいただければと思

います。

特にヒロインのリアーシュについては、話の構成上、どうしてもミージュやセリンの影に引っこんでしまいがちなので、彼女をしっかりとヒロインとして目立たせるのに結構苦労しました。暴走しがちではありますが、それもライオへの愛ゆえ。ハイエルフとしては完璧だけど、男を甘えさせる嫁としてはまだまだ発展途上の背伸び系。

思い入れもひとしおなので、可愛がっていただけたら幸いです。

ちなみにタイトルはハンガリーのことわざにある「逃げるは恥だが役に立つ」をもじったものです。

「自分の戦う場所を選べ」という意味だそうで、含蓄のある格言って感じですね。

基本的に優秀な冒険者だけど呪いには屈してしまう主人公ライオにもぴったりです。

いやぁ、ことわざって便利だなぁ！

え？　ドラマ？　マンガ？　メディアミックスの話ですか？　お待ちしております！

以下、謝辞を。

追い詰められたライオや愛らしいヒロインたちのイラストを描いてくださった八坂ミナト先生、ありがとうございました！　以前よりファンだった八坂先生と一緒に仕事ができて、大変光栄です。

口絵1のキリッとしたかっこいいリアーシュ（この弓の持ち方！　ジャイ、マヒシュマティ！）から、アリに「Ｈｉ！」されているうろたえた姿、エピローグのアレなところに至るまで、リアーシュの魅力を存分に引き出してくれました。極めつけはミージュの……！

編集Ｋ山さま、初めて一緒にお仕事をさせていただき、ご尽力をして頂きました。

Ｔ澤さま、一迅社文庫の時代よりお世話になっております。企画協力及びＤＴＰをやっていただき、多大なるご迷惑をおかけしました。ありがとうございます。

その他、デザイナーさんなど、この本が書店にならぶまでにかかわってくださった皆さまにも尽きぬ感謝を。

そして、手に取ってくださった読者さま。ありがとうございます。皆さまの支援で小説家という仕事は成り立っております。ライオとリアーシュともども、今後ともよろしくお願いします。

二〇一九年　二月　早矢塚かつや

追伸

前作『千の魔刃と神鏡の聖騎士』でいっしょにお仕事をしたもりたん先生と練っている計画があります。またラノベ関係でとあるプロジェクトに参加する予定もあります。

情報など、Twitter（@yazuka_ha）で発信していますので、フォローしていただければ。

ダッシュエックス文庫

浮気は恥だが役に立つ
ハイエルフ嫁の嫉妬は100年単位

早矢塚かつや

2019年3月24日　第1刷発行

★定価はカバーに表示してあります

発行者　鈴木晴彦
発行所　株式会社　集英社
〒101−8050　東京都千代田区一ツ橋2−5−10
03(3230)6229(編集)
03(3230)6393(販売/書店専用) 03(3230)6080(読者係)
印刷所　図書印刷株式会社

ISBN978-4-08-631295-0 C0193